へんこつ

装画　永田狐子
装幀　五十嵐徹
（芦澤泰偉事務所）

序章

たしか、このあたりだと思ったが。

騒ぎが静まり、しんとした邸内にかすかに聞こえた音を、男は聞き逃さなかった。

板敷きの廊下を渡って向かいの部屋の襖《ふすま》を、すっと開ける。

八畳間ほどの座敷はがらんとして、簞笥《たんす》はおろか長持ち一つ置かれてはいない。

正面に間仕切りの襖が、薄ぼんやりと白く並んでいる。並外れて夜目が利く男はゆっくりと顔を右に向ける。

闇《やみ》の中、鈍い金色の光を放ってそこに浮かぶ仏像を認めたとき、思わずぎょっとしたのは、この男にも多少の道心というものが残っていたのだろうか。

「仏壇《ぶつだん》か」

小さく呟《つぶや》き、座敷から出ようとしたところで足を止めた。

「なんで、開いてる」

もう一度部屋に戻り、仏壇の前に立った。

仏壇の扉は盆でもない限り、たいてい朝に開けられ、日が暮れる頃《ころ》には閉じられる。手入れのよく行き届いた商家の仏間で、夜になってもこんな風に仏壇の扉が開けっ放しになっていることは、考えにくい。

男は左の扉に手をかけ、ゆっくりと戻した。仏壇と床の間の仕切りの壁との間に一尺（約三〇センチ）ほどの隙間《すきま》があり、そこに男の子が一人、挟まるようにしゃがんでいた。

「見ぃつけた」

男はかくれんぼ遊びでもしていたかのような気安さで、声をかけた。

「さぁ、出といで」

「おかあちゃんは」

「おかあちゃんも見つけたで。さ、行こか」

男が伸ばした手を摑《つか》み、座敷に出てきた少年はまだ前髪を残し、どうやら十を一つか二つ出たあたりではないかと見受けられた。

「おかあちゃんはどこ？」

廊下に出た男に手を引かれながら、少年は不安そうに尋ねる。

「おかあちゃんに、あの部屋に隠れておいでって言われたんか」

黙って頷《うなず》く少年に、向かいの部屋の前に立った男は、そこでしゃがんで少年を引き寄せた。

「そやけどちゃんと言いつけ守れんと、途中で外を覗《のぞ》こうとしたな」

少年の背後から抱きしめるようにその頭を固定すると、ぐいと部屋の中に向けた。

「坊《ぼん》、おまえの負けや。おまえだけやない。おかあちゃんもおとうちゃんも、みんなおっちゃんに見つかって負けてしもた」

そこには二人の男が立っていた。共に黒足袋《くろたび》、黒脚絆《くろきゃはん》。袴《はかま》は忍び装束とも称される裾細《すそぼそ》の伊賀《いが》袴《ばかま》を穿き、頭部も頭巾《ずきん》で覆い隠した全身黒ずくめの姿は、どちらがどうと区別もつけようがない。しかし目が暗さに慣れたなら、左側の男が手にした九寸五分《くすんごぶ》（約二八・五センチ）の匕首《あいくち》には気づいただろう。

二人の間にふだん少年の両親が使っている白い掛け布団が、そのままの形で敷かれていた。いや、よく見れば白いはずの掛け布団に、墨をぶちまけたような染みが作られている。

その上にさらに黒い塊が、重石《おもし》のように載っていた。その塊は全体が真っ黒で、ところどころ黒ずみの切れ目から口や鼻、開いたままの目が見えた。

それが自分の母親と気づいたとき、少年はひきつけを起こしたように鋭い息を発した。

「ひぃぃぃぃ〜〜」

振りほどこうと暴れる少年の頭を左手でしっかり押さえ、男は腰の後ろに回した右手をゆっくり前に戻してきた。鐔《つば》を持たない刃渡り一尺の腰刀が、その手に握られていた。

「坊のおかあちゃんは偉かったで。怖かったやろうに、最後まで坊を隠したことなぞおくびにも出さんと死んでったわ。坊が音さえたてんかったら、負けたのはおっちゃんやったかもしれん」

少年はなおも手足をばたばたさせて抵抗するが、首に回された男の左肘《ひだりひじ》に固められ、母親の死体から目を背けることが出来ない。

それでも母親の身に何が起きたかを理解できる年にはなっていたため、喉《のど》の奥から言葉にならぬ言葉で母親を呼び続けていたが、それはただひぃひぃと鳴る風の音にしか聞こえなかった。

「おかあちゃんは坊を仏さんに守ってもらおうと思たんかもしれんが、これでわかったやろ。仏は誰《だれ》も守ってなぞくれよらん。この世では弱い奴《やつ》は早よ死ぬ。強い奴が生き残る。仏は、ただ黙って見とるだけや。そやからわしらも、安心して稼業に励める」

男は喋《しゃべ》りながら、腰刀の刃の向きを横にして、肋《あばら》に引っかからぬよう注意しつつ、すうっと少年の胸に差し込んでいった。

少年の全身は一瞬伸び上がるように痙攣《けいれん》し、すぐに力が抜け、やがてぴくりとも動かなくなった。

男は少年の胸から刃を抜くと、意外にもゆるりと優しく、その頭を畳の上に横たえた。

「おかあちゃんに会《お》うたらそう言うとき。今度は仏になぞ頼るなってな」

物言わぬ少年の耳元に囁《ささや》いた男は、廊下を近づいてくる足音に顔を上げた。

「お頭。蔵が開きましたで」

「主《あるじ》は」

「いま仕舞《しも》たとこですが、生かしといた方がよかったでっか」

「いや。それでええ」

男は室内に残る二人の黒装束に声をかけた。

「おまえらも蔵を手伝え。もらうもんもろたら、とっとと去《い》ぬぞ」

二人が出て行くと、いま頭と呼ばれた男は懐から矢立を取り出し、その筆を墨壺《すみつぼ》ではなく、足下に溜《た》まった血に浸した。

それから部屋の襖に向かい、自在な筆さばきでこの四文字を、書き記した。

――六道活殺。

大坂本願寺《おおさかほんがんじ》、津村御堂《つむらみどう》の裏手。相生橋《あいおいばし》に近い材木商、大増屋《おおますや》の一家と使用人、八人全員が惨殺され、蔵から数千両の金が盗まれた事件の噂《うわさ》は、翌日にはもう北船場《きたせんば》を中心に城下に広まった。

女はもちろん、年端もいかぬ子どもまで手に掛ける情け容赦のない手口。襲われた蔵の中身が空になるほどの金品を奪いながら、いっさい気配を残さずに立ち去る鮮やかさ、これらは三郷《さんごう》の住人に、ある盗賊を思い起こさせた。

六道丸《ろくどうまる》。その名を聞けば子どもも泣き止《や》むという男が、また帰ってきたのではないか。

文政《ぶんせい》三年（一八二〇年）六月。季節は勢いのある夏の盛りを迎え、町が活気で湧《わ》くべき時季に、どこか重苦しい気分を抱えてしまったのは、その不安のためである。

一

杣屋《そまや》徳兵衛《とくべえ》はもと近江《おうみ》の人で、甲賀《こうか》の百姓の五男坊だったという。

九つの時、働き手を集めに来た口入れの男に、半ば売られるような形で奉公に出された徳兵衛は、建具を扱う京の商家で己の商才に目覚めた。

利発と才覚を認められ、手代、番頭と順調に出世した彼は、三十路《みそじ》を過ぎて間もなく伏見《ふしみ》で独立したが、あえて暖簾《のれん》分けを断り、故郷の山地に何度も足を運んで、京と甲賀を結ぶ新たな木材の販路を確立した。

たまたま京・大坂に大火が相次ぎ、にわかに木材特需が起きたこともあって、徳兵衛は華々しい成功を収める。彼が自身の屋号となる、杣屋を名乗り始めたのはこの頃《ころ》からだ。

やがて徳兵衛は北船場に材木屋としての本店を構え、二十年足らずで堂島《どうじま》に米屋と油屋、西船場の京町堀川《きょうまちぼりがわ》に海産物問屋など、様々な業種に絡んでは商いを広げてきた。

六年前、大坂二十四組《にじゅうしくみ》問屋の世話人である行事役を引き受けると、その勢いはなお止まらず、あっという間に大坂で五本の指に数えられる豪商となった。

この本町通《ほんまちどおり》に面した店舗も杣屋を名乗っているが、扱うのは主に女性が身を装うために使う小間物などである。

店の主《あるじ》、久代助《くしろすけ》は徳兵衛の一人息子で、噂《うわさ》によればそれなりの大商いをさせたがった父親の意向に反し、自分の分限ではせいぜいこのあたりの商いが似合いと、小間物を扱う店を望んだという。

十歳で船場の杣屋に奉公を始め、丁稚《でっち》として仕込まれたあと、年明けから本町杣屋に手代として送り込まれた勘七《かんしち》は当初、そんな店で働けることを誇らしくも思っていた。

その噂は杣屋の奉公人の間では知られた話だったが、杣屋の看板を使えば金融だろうと海運だろうといくらでも大商いが望めるのに、経験不足を理由に身の程をわきまえた商いから始めるところが、いかにも大坂の商人好みの話に仕上がっていたからだ。

だがその鍍金《めっき》は、この店で働き出してひと月も経《た》たないうちに剝《は》がれてきた。

そもそも久代助は店にいることの方が珍しく、遊び仲間と連れだって、日の明るいうちから悪所《あくしょ》へ繰り出し、次の日が明けてから戻ってくる、ということを繰り返していた。

特に女癖の悪さを伝える噂は、この店に来てから次々と耳に入り、店に入って一年足らずで辞めていく女の下働きは、たいてい久代助の手がついたためだとも聞いた。こうなると久代助が小間物屋を選んだ理由も怪しくなってくる。

それでもこの店が安定した経営を保っていられるのは、ひとえに番頭の与三吉《よそきち》の手柄であることは誰しも認めるところであった。与三吉は杣屋が創業して以来の古参で、主の徳兵衛とも年が近く、大きな信頼を受けていた。

久代助のお守り役も徳兵衛直々に頼み込まれてのことだが、さすがの与三吉もこれには手を焼いている様子である。ただ、勘七たち若い奉公人にとって、平生《へいぜい》の久代助は明るく気さくな兄貴分といった一面があり、よく声もかけてくれたし、与三吉の見ていないところで気前よく小遣いをはずんでくれたりした。

だから勘七なぞは、いまの主が無責任な噂で聞こえてくるような人物とは、けして思っていない。いや、百歩譲ってそんな誤解を受ける行動があったとしても、あれは若旦那《わかだんな》が悪いわけではない。ときどき店にも姿を見せる、付き合う仲間が悪いのだと思っている。

いつか悪い仲間とも縁を切り、商いの本道に目覚める日がきっと来る。それまでは自分も杣屋の一員として、与三吉さんと一緒にこの店を守り立てていかなければ。

そんな決意を胸中に反芻《はんすう》し、店全体を見渡す店の奥に立って、今日の勘七は軽い陶酔に浸っていた。

例によって久代助はつい先ほど帰ってきて、もう自分の部屋でいびきをかいている。まだ昼前でもあり、客の姿はそれほど多くない。それを見越して与三吉も、朝から得意先と仕入れ先を回っている。

つまりいまは、勘七がこの店の主のようなものなのだ。出かける前に与三吉が、留守中の差配をおまえに任すとはっきり言い残してくれた。

この店に来て初めて、与三吉の代わりに店に立つ。彼がちょっとした興奮を覚えていたとしても無理はない。与三吉が戻ってくるまでは、どんな些細《ささい》な粗相もするまいと心に決めていたところへ。

「邪魔するぜ」

大きくはないがよく響く太い声。店の中にいた丁稚も、二、三人ばかりいた女客も、全員動きを止め、声の主を振り向いた。

大作りで面長の顔が、店の暖簾をかき分けて、ぬいと現われた。続いて体が半身ずつ、店の敷居を越えてくる。

男は、身の丈六尺（約一八〇センチ）を超える全身を黒の小袖《こそで》一枚で包んでいた。袴は用いず、着流し姿。月代《さかやき》はきれいに剃《そ》っていて、腰にも大小刀を差している。

身なりの良さを見れば浪人ではない。ただ、土間に入り込んで帳場から売り場まで、じろりと睥睨《へいげい》する男の腰を改めて見た勘七は、そこで思わず目を剝《む》いた。

——なんだ、あの刀は⁉

いかに武士の数が少ない大坂城下とはいえ、二刀を差して街を闊歩《かっぽ》する侍の姿くらい、勘七だって日常的に目にしている。だが、その記憶を底まで浚《さら》っても、いま、この男の腰にあるほど長い刀は、見た覚えがなかった。

一般に刀の長さは、刃渡りおおよそ二尺三寸（約七〇センチ）程度までのものが用いられたが、この男の刀は二尺五寸はありそうだ。柄《つか》まで含めれば三尺を優に超える大身《おおみ》である。

「主はいるかい」

男は眉根《まゆね》を寄せた顔を、勘七に向けた。

「おいでやす。何ぞお探しもんでっしゃろか」

自分が対応しなければならない。咄嗟《とっさ》に判断した勘七が、前掛けの下から手を抜いて揉《も》み手《で》をせんばかりに進み出た。

「この店の主はいるかと聞いたんだ」

「あいにく番頭の与三吉は朝から出かけておりまして」

「おい」

大男が間を詰めた。長刀の柄頭が勘七の脾腹《ひばら》を突きそうになった。

「時を稼ぐつもりなら無駄なこった。久代助が最前この店に帰ってきたのは確かめている。それとも本町の杣屋じゃ、手代が店の主を名乗るのかい」

ここまでの剣呑《けんのん》なやりとりに、わずかな店の客はそそくさと外へ出て行った。店表に取り残された年若い丁稚など、箒《ほうき》を持ったまま固まって、半べそをかいている。

「ああ、若旦那さんに御用どしたか」

勘七は腹に息を落とし、あえて晴れた声で答えた。自分だって本店で十年以上の経験がある。この程度のちんぴら侍にびくついて、商売なぞできるものかよ。

「吉《きち》どん、ちょっとこっちおいで」

勘七は店の入口で箒を持ったまま、動くに動けぬ様子の吉太《きちた》を、手招きして呼んだ。

「確かに若旦那さんは奥にいてはります。いま呼びにやらしますさかい、ご用件を承らしてもろてよろしいやろか」

「一月前の羽鶴《はねつる》の件だ。そう言やわかる」

「は？」

それだけではあまりに事情がわかりかねる。とはいえ、男の顔つきにも引く気配はなさそうだ。それにまあ、どのみち取るべき行動は同じことか。

「わかりました。ほな、ちょっと待っといておくれやす」

男を避けるように店の壁いっぱいを伝って回り込んできた吉太が、勘七に寄ってきた。その手を引いて勘七は、男に体を向けたまま店の奥へと後退《あとずさ》りする。暖簾で仕切られた敷居を越すと、吉太を横壁に押しつけ、

「いますぐ離れの先生方を呼んでき」

耳元に囁いた。

「へ？」

「へ、やない。こないな時のためにあの先生らは居はるんや。ほいでな、先生方に声かけたらその足で外へ出て番所に走りぃ。誰かお役人がいたらすぐ連れて戻《も》んで来るんやぞ。杣屋に賊が入ったちゅうてな」

「ぞ、賊でっか？」

「あないな面つきで簪《かんざし》買いに来る客がおるかいな。さ、とっとと行き」

勘七に急《せ》かされ、吉太は店の表口から裏口まで繋《つな》ぐ、関西の町屋では主に通り庭と呼ばれる土間を、一目散に駆け出した。

「まさか、久代助を逃がす算段しててんじゃねえだろうな」

勘七が表に戻ると、腕組みをして帳場の畳床に腰を下ろしていた男が、睨《にら》みつけてきた。

「滅相もあらしまへん。いま、呼びにやらしたとこですさかい、もうちょっとお待ちを」

「ふぅん」

男は納得したのかしていないのか、商品を陳列する箱に並べた鼈甲《べっこう》細工の笄《こうがい》に、別段興味もなさそうな視線を向けている。ややあって、

「若旦那に用があるちゅうんは、どいつやねん」

通り庭から大声を先に放って、二人の男が店先に現われた。二人とも袴は穿《は》いているが月代は伸ばしており、いずれも仕官にあぶれた侍の成れの果てであろう。久代助が飯と寝床に加えて小遣いをあてがい、店の番犬のようなことをさせている男たちだ。

「おぉ、杣屋にたかりに入るとは、よほど物知らずと見えるが、口跡《こうせき》からして江戸の者《もん》らしいの」

頬骨《ほおぼね》の高い男が、手にした二刀を腰に差しながら近づく。

「ほいでも江戸の田舎侍や言《ゆ》うて許しは聞かんぞ。身の程知らずに杣屋を弄《いろ》たらどうなるか。ここは、きっちり落とし前つけんとな」

脅しの口上を述べながら、頬骨の後ろから現われた怒り肩の浪人は、男の退路でも断つつもりか、まずは店の入口に立ち、そこで反転して店内に体を向けた。

男は表情を変えない。いや、よく見れば、口から漏らした溜息《ためいき》が確かめられたろうか。

「手代」

「へ、へえ⁉」

男はゆっくり腰を上げた。

「俺《おれ》は久代助を呼んでこいと言ったんだ。誰が犬を呼べと言ったか」

「なんやとっ！」

頬骨が男の右肩に左手で摑みかかろうとした。男は右に身をひねりながら、顔の横に挙げた右手で頬骨の手をはしっと払う。

「われはっ！」

左手を払われると同時に頬骨は右手を柄にかけた。躊躇《ちゅうちょ》なく、抜く。

その手が途中で止まる。男の左手が頬骨の右手首を押さえているためだ。

それでも構わず、力任せに抜く。いや、
抜かされた⁉

いつの間にか男の右手が、頬骨の両手の間でしっかりと柄を握っている。もう自分で自分の刀を思うように振れない。それでも刀を奪われることだけは避けるため、両手になお力を込めると、刀がぐるりと回転し、それにつられて自分の体も宙に浮く。

次の瞬間、男は脳天をわずかに避けて、鎖骨から土間に叩《たた》きつけられた。

「ぐあっ！」

頬骨の刀はもう奪われていた。それを確かめる余裕があったかどうか、頬骨の意識は落ちた。

「抜いたれや！」

大声の聞こえた方を男が見ると、残った怒り肩が、すでに右手で柄を握り、やや腰を屈《かが》めていつでも刀を抜ける体勢に入っていた。

「その段平《だんびら》、さっさと抜いて勝負せえ。切っても切られても文句なしや」

男は怒り肩に向き直り、手にした頰骨の刀を土間に投げ捨てると、

「俺の刀はここじゃあ不利になるとでも踏んだのか。少しは頭を使ったように見せて」

男は左手の親指を鯉口《こいぐち》に添えて鞘《さや》を握り、ずいと半歩、怒り肩に近づいた。

「浅知恵だったな」

怒り肩は挑発には乗らなかった。ただ、間合いを計っている最中に、男がいきなり詰めてきたのは戸惑った。

男の身はすでに四尺（約一二〇センチ）足らずの正面にある。完全に間合いではないか。怒り肩の思考は若干混乱しつつも、この勝負に勝つことを確信していた。

なぜなら怒り肩の右手はすでに柄にあるのに対し、男の右手はまだ体の横に下がっている。男が咄嗟に柄に手を伸ばしたところで、こちらは一呼吸先《せん》を制し、男の腕を切り落とす余裕はある。まして男の刀はあの長さ。仮に同じ条件で抜いたとしても、圧倒的に自分の方が早い。

「ええのんか。ほんまにいくで」

「構わねえよ」

男が返答し終えるか終えないかの呼吸で、矢庭《やにわ》に怒り肩は刀を抜く。

しゅっ。鞘走る音。

が、刀身が鞘から抜けきる寸前。さらに間を詰めた男が、左手の鞘を握ったまま、ぐいと斜め上に押し出した。

男の刀の柄頭が、怒り肩の鳩尾《みぞおち》にずぶりとめり込む。

「はあぁ」

溜息にも似た声を出し、怒り肩は息が止まりそうな衝撃を受け、へなへなとその場にくずおれた。

男は通り庭の出入口に鬼神の如《ごと》き形相を向けた。そこに立っていた勘七は、さすがに腰が抜ける。ずんっと迫ってくる男に、ずるずると腰を落としながら、ついに両手で拝み始めた。

「か、堪忍を～、堪忍しとくなはれ～」

が、男は勘七には目もくれず、通り庭の奥へ入っていく。

間もなく奥からどすんばたんと、何かが落ちるかぶつかるかした音が聞こえたと思うと、久代助の激しい罵声《ばせい》が近づいてきた。

「なんやおまえは！　こら、なんやて聞いてんのやから、なんか言わんかい！」

店先に久代助が現われた。なんと首と体に細縄が掛けられ、後ろに回されている。その縄の先を握った男が続いて出てきた。

「ちょ、ちょっと」勘七は目を白黒させる。「これ、いったい何だすか？　若旦那をどないしはるおつもりで⁉」

「おまえには関係ねえ」

男は久代助を店の表に向かって突き押しながら答える。

「か、関係ありまんがな。この人はわての旦那《だん》さんでっせ！」

「勘七、すぐ西横堀《にしよこぼり》行ってお父ちゃんに報《しら》せてきてくれ！　早よ、早よせんかい！」

「へ、へえ」と久代助に答えはするが、いったい何をどう説明すればいいのか。そこへ店の間口が急に騒がしくなったと思うと、

「賊が入ったちゅうんはここでええんか！」

大声に勘七が表を見れば、黒羽織を着た同心が一人、捕物に備えて小者《こもの》を二人ばかり伴い、吉太に先導されて店に入ってくるところだ。勘七は地獄で仏を見た気分になった。

「お役人さま、おたの申します！　当家の主が狼藉者《ろうぜきもの》に！」

叫んだ勘七の声で、同心はようやく土間の久代助と男に気づいたようだ。

が、同心は男の顔を認めると、ぽかんと口を開けた。

「あ」

「おお、いいところに来た」

勘七は目の前で起きたことが、俄《にわか》に信じられなかった。

男は同心に、土間に倒れた男二人も縛り上げるよう指示し、同心は諾々とその言葉に従い始めたからだ。

「俺一人じゃ手が足りなくてな」

「へえ……おい、縄を持ってこい」

倒れた用心棒の側《そば》にしゃがみ、生きていることを確かめた同心は小者に命じる。

「あ、あのぅ」思い切って勘七は、同心に声をかけた。「あの、お人はいったい？」

外へ久代助を引き立てる男を目で追いながら、初老の同心は逆に聞き返してきた。

「おまえか、わしらを呼んでこい言うたんは？」

「へえ。年明けからこっちに奉公させてもろとります」

「はあん、ほなら、まだ見たことなかったんかのう」

同心はふんふんと頷く。

「あの人は与力や。わしらの上役よ」

よほど面食らった顔をしたのだろう。実際、勘七はたったいま経験した光景と、同心の言葉がどうしても繋がらず、ただ口をぱくぱくさせることしか出来なかった。

その様子をさすがに気の毒に感じたか、同心はさらに付け加えた。

「覚えとくとええわ。東町《ひがしまち》奉行所の与力、大塩平八郎《おおしおへいはちろう》言うたら、ここらでちょっとは知れた名やさかいな。ま、ええ噂か悪い噂か、そら知らんけど」

同心は笑みを浮かべ、歯茎ごとその歯を剝き出した。その薄黒く濁った前歯を見て、勘七は先ほどまでの晴れやかな気分が、一気に萎《な》えていく感触を味わっていた。

二

大坂は一度滅んだ町だ。

およそ二百年前、徳川家康《とくがわいえやす》と豊臣《とよとみ》家の最後の決戦がこの地で行われ、容赦なく命脈を絶たれた豊臣家と同様、大坂も首府としての機能を完全に破壊された。しかし戦乱の時代が終わると、恐るべき速さでこの町を復活させたのも家康である。

そもそも大坂は西に瀬戸内海《せとないかい》という、巨大な水路を通じて西国と繋がり、東に大川《おおかわ》（淀川《よどがわ》）を遡《さかのぼ》ると京、近江にまで行き来できる。琵琶湖《びわこ》の湖上交通を使えば北陸以北とも繋がり、年貢米に代表される物産の集積地として、大坂ほど適した場所はほかになかった。

経済を握る者こそ天下を握ると考えた秀吉《ひでよし》が、天下統一の拠点をここに置いたのも当然といえる。江戸に幕府を開いた家康も、大坂の可能性と重要性を十分意識していたからこそ、大坂の再整備を急がせたのだろう。

かくして大坂の陣の直後から、この町では昼夜を問わず槌音《つちおと》の響きが絶えて止むことはなく、掘割の開削距離が増えた分、町域も拡大し、戦乱を避けて周辺に散っていた住民が戻ってくると人口も順調に増え、かつての賑《にぎ》わいも蘇《よみがえ》ってきた。

やがて焼け落ちた大坂城の瓦礫《がれき》は完全に埋め尽くされ、その上に新たな大坂城が完成した頃には、米や材木、海産物など様々な物産の市も立ち、この町は秀吉の時代を凌駕《りょうが》するほどの勢いを持つ都市に成長していた。

たとえば明和《めいわ》年間（一七六四〜一七七二年）に出版された『商家秘録』には当時の大坂、堂島に設けられた米会所の取引の様子として「数千の人、毎日数十万俵売り買い、一俵も違《たが》わず日々に滞りなく帳面納まること、またほかにたぐいなき商いなり」という描写がある。

大坂の市場がどれだけ活況を呈していたか窺《うかが》える資料だが、全国から物資が集積され、それが換金されて再び各地に送り出されるさまは、まさしく商都の呼び名に相応《ふさわ》しく、幕府の置かれた江戸を天下の脳髄と喩《たと》えれば、大坂は心臓だった。

この心臓は大坂城の北を流れる大川を境に、これより北を天満《てんま》組、大川以南の町域は大川から本町通までを北組、本町通から道頓堀《どうとんぼり》までを南組として三組に区分けされていた。

これらを合わせて三郷と呼ぶ。幕府直轄領としての大坂の支配は摂津、河内《かわち》一円に及ぶが、ただ大坂三郷といえば、大坂城下のみを指すといっていい。

後ろ手に縛られて店から引きずり出された久代助は、南組と北組の境になる道を東に向かった。平八郎を先頭に久代助、その久代助の縄尻《なわじり》を持たされることになったのは、杣屋の丁稚に呼ばれて久代助捕縛の現場に出くわしてしまった同心佐野甚兵衛《さのじんべえ》である。

「ついてない。私はまったく、ついてない」

杣屋を出てから甚兵衛は、何度この言葉を心に繰り返したろう。本町の番屋には、たまたま市中見廻《みまわ》りの巡回で寄っただけなのに。

番屋にいた同心が、その近くで起きた捕物御用に助《すけ》っ人《と》として駆り出されることはよくある話だ。ただし甚兵衛の場合、呼ばれた相手が問題だった。

平八郎が祖父大塩政之丞《まきのじょう》の跡目見習として東町奉行所に出仕したのは十年以上も前になるか。甚兵衛はその頃の平八郎と何度かすれ違っている。

当年十四歳にしては大柄な体軀《たいく》がその頃から目を引いたが、甚兵衛の初対面の印象は、

——まだ子どもではないか。

顔立ちの話ではない。当時の平八郎は時折その目に、まるで母にはぐれた子どものような不安そうな色を浮かべることがあった。

元服を過ぎても母を求める子など、もともと精神的な自立が遅れ、幼く見えるものだ。まして初めて出仕する奉行所、ときには罪人の怨嗟《えんさ》の声や怒声が白洲《しらす》から響き聞こえる日常の中で、あの子は存分に緊張もしていたのだろう、というのが甚兵衛の推理だった。平八郎が幼くして両親《ふたおや》に死に別れていたことを知るのは、それからかなり後の話だ。

そもそも組も役付も違う同心と与力は、日常頻繁に接するわけではない。そのときはそんな印象を持ったというだけで、甚兵衛はやがて平八郎のことも忘れてしまった。その後、平八郎が江戸に遊学したらしいという噂を耳に挟んでも、特に甚兵衛に思うところなどなかった。ところが。

急逝した祖父政之丞の跡を継ぐため江戸から戻り、奉行所に出仕した二十歳《はたち》の平八郎は、見習の頃とは何もかも印象が変わっていた。

大柄な体軀はさらに成長して、与力が居並べば頭一つ抜け出たし、どこで鍛錬を重ねたか、首

回りもいっそう太くなっていた。そして最も甚兵衛を驚かせたのは、その目だ。

かつて寂しさと不安をその内に抱えていると見えたあの目は、いまや光を放ちながら獲物を狙《ねら》う虎《とら》の目のようであり、実際、平八郎が定町廻《じょうまちまわ》りに配されて東町に月番が巡るたび、一度は平八郎の噂を聞くことが多くなった。

ある時は市中で見かけた不審な動きをする者のあとをつけて盗賊の根城を発見し、単身乗り込んで居合わせた三人を斬《き》り殺したとか、ある時は決裁の必要な文書に同僚の印形がないことを問い詰め、印形をなくしたと知るや短刀を差し出して腹を切れと迫ったとか、いずれも血気に逸《はや》る噂であるのが特徴だ。

あとあと聞けば、たいていは事実が面白おかしく変容され、たとえば平八郎が盗賊の宿を見つけたのは事実だが、捕まえたのはその場にいた二人で、しかも誰も斬ったりしていない。同様に印形をなくした同僚を責めたのは事実だが、腹を切れなどと迫っていないし、むしろ同僚の罪は自分にも責があるとして、ともに上司に詫《わ》びに行ったりしているのだ。

それでも彼が血気者《けっきもの》という評価だけは確定しており、多くの場合、あの男には関《かか》わらぬが安泰、関わればろくなことにならないというのが奉行所内での平八郎に対する評判だった。

そして、そのこと自体は決して間違いではなかったのである。

「甚兵衛」

東横堀川に架かる本町橋にさしかかったところで、平八郎が前を向いたまま声をかけた。

「は？」

「さっきから、おまえの不平が口から漏れてるぜ」

「え？」

甚兵衛は思わず自分の口を手で押さえたが、

「嘘《うそ》だよ」

平八郎は頬筋一つ動かさず、同じ足取りで橋を渡っていく。

前方、橋の左手に漆喰壁《しっくいかべ》で周りを囲まれ、川に面して正門を構えた西町《にしまち》奉行所がある。今月は月番でないため、大門は閉じられているが、一区画を占める敷地の中から突き出た火の見櫓《やぐら》が、堂々と辺りを睥睨していた。

「まあ、もう少しの辛抱だ。牢屋敷《ろうやしき》まで付き合ってくれ」

「牢……屋敷でっか？」

牢屋敷は西町奉行所の裏手、松屋町《まつやちょう》筋を挟んだ与左衛門町《よざえもんちょう》にあった。

八百坪を超える敷地に東西両奉行所で扱う罪人、または被疑者が収容されている。敷地の中には土壇場《どたんば》もあり、斬首《ざんしゅ》も日常的に行われていたこの牢屋敷は、松屋町に面しているため、松屋町牢屋あるいは松屋町本牢とも呼ばれていた。

「そんなら、もう入牢証《じゅろうしょう》が」

普通、咎人《とがにん》の疑いある者を捕縛した場合は、まず番屋で吟味を行い、そこで容疑者が罪を認めたら奉行所に報告して入牢の許可をもらう。その上で白洲の裁きが下るまで牢屋敷に送り込むのが一般的な手順だ。

「心配するな。杣屋に出向く前に牢番とは話を付けてある」

「いや、そやのうて」

甚兵衛が聞きたかったのは、奉行所の許可は下りているのかどうかということだったのだが、もう平八郎は本町通から松屋町筋を左に曲がるところであった。ちなみに大坂では東西に走る道を通り、南北を貫く道は筋と言い習わしている。

「災難や」

甚兵衛は今度こそ平八郎に気取《けど》られぬよう、喉から漏れ出そうになった言葉を、もう一度口の中に呑《の》み込んだ。

牢屋敷に着くと平八郎は牢屋同心を呼び出し、二言三言言葉を交わすと、その同心の指示で牢屋敷の正門横にある控室のような土間でしばらく待たされることになった。

恐らく平八郎の要求がいろいろ横紙を破っているため、担当する同心が確認作業に手間取っているのではないかと甚兵衛は想像したが、意外にも四半時（約三十分）ほどで彼らは控室から出され、牢屋敷の敷地に足を踏み入れることが出来た。

なぜ自分がこんな男にまだ付き合っているのか。若干の割り切れぬ思いを抱いたまま、久代助の縄を持たされた甚兵衛が平八郎のあとをついて行くと、彼は罪人収容のための牢長屋ではなく、広場を挟んで建てられた、土蔵のような建物に向かっている。

あ、これは。と、甚兵衛が思うより先に、久代助が反応した。ずっと路上で悪態をつき続けてきた久代助は、疲れたのかしばらく静かにしていたものの、前方の土蔵を見て、再び抵抗を始めたのだ。

「こら、何さらしとんねん、おどれら！　わしを誰や思てけつかる。早いとここの縄を解かんと、えらい目に遭うぞ」

「なんだ、ここが何をするための場所か、察しがついたのか」

　平八郎は土蔵の入口で振り返る。

「だいたいわしが何したちゅうねん！　まだ何にもまともな話を聞いとらんぞ！」

「店を出る前に言ったろう。一月前の羽鶴の件だと」

「知らん言《ゆ》うたやろが。そら、末吉橋《すえよしばし》にはなんべんか行ったことある。そんな名前の店もあったかもしらん。それがどないした。わしはただ店の客やっただけやないか」

「そうじゃあ、ねえだろ」

　平八郎は表情を変えずに久代助の胸ぐらを摑み、引き寄せた。

「一月前の五月十日夜半、おまえは遊び仲間の又二《またじ》、豊松《とよまつ》と末吉橋袂《たもと》にある馴染《なじ》みの小料理屋羽鶴を訪れ、店を閉めようとしていた女将《おかみ》のしのに無理矢理、酒を付き合わせた。料理人も下女も帰して店内がしの一人であることを確かめると、店の戸に心張り棒を支《か》わせ、それからおまえたちはかわるがわる、およそ一時《いっとき》（約二時間）にわたってしのの体を慰んだ。これに相違なかろうが」

「誰がそんなこと言った⁉」

「手証《てしょう》は固めてある。あとはおまえがやったことを認めるだけだ」

「けっ」

久代助は平八郎から顔を背け、地面に唾《つば》を吐き捨てた。

「そんな都合のええ筋書きに乗ってたまるか。あれは女の方から誘うてきよったんよ」

「おまえが素直に認めるとは端《はな》から思っちゃいなかったよ」

平八郎は久代助を蔵の中にぐいと引っ張り込んだ。上背のある平八郎に胸ぐらを摑まれたままでは如何《いかん》ともし難く、よろめき入った久代助は、凹凸の多いひんやりした土間に顔を擦《こす》りつけることになった。

すかさずしゃがみこんだ平八郎は、再び両手で久代助の襟首《えりくび》を摑み、目の前に起こすとさらに問い詰める。

「番屋じゃ道具が少ないからな。ここなら存分におまえと話が出来る。口を割るならいまのうちだぜ」

建物の中は窓がなく、蔵の戸口と反対側の壁の上方に明かり取りが見えるだけ。天気のいい日に外から入ってくれれば、その落差でしばらく部屋の中の様子がわからないほどだ。

だが目が薄暗さに慣れてくれれば、剝き出しの梁《はり》に取り付けられた金輪に、二本組みの縄が通されて柱に括《くく》り付けられている光景や、壁に掛けられた笞《むち》、樫棒《かしぼう》の類《たぐい》が嫌でも目に入るだろう。

ここは牢屋敷の中に設けられた責問蔵《せめどいぐら》。番屋では行えない拷問用の道具が、一通り揃《そろ》っている場所である。

「大塩……平八郎と言《ゆ》うたな。おまえ、わしの親父《おやじ》が誰か知っとんのか」

「杣屋徳兵衛。この町じゃ泣く子も黙る大金持ちだろ。そしておまえはその倅《せがれ》のくそったれだ」

「不浄の役人風情が。親父を怒らせたらおまえなんぞ明日にも奉行所を御祓箱《おはらいばこ》や。その年で御貰《おもら》いして身過ぎはきついぞ。大川の畔《ほとり》で見つけたら、一朱くらい恵んだらぁ」

「ほう。おまえの親父が誰に何を頼んだら俺がどうなるのか、教えてくれよ」

久代助ははっと表情を変えて口を閉ざし、平八郎から顔を背けた。

「そうかい。それじゃあ、その威勢がいつまでもつか、試させてもらおう」

腰を上げた平八郎、唖然《あぜん》として後方に突っ立つ甚兵衛に、彼の背側にある柱に括り付けられた縄束を指さした。

「甚兵衛、そこの縄、ほどいて持ってこい」

「まさか、吊《つ》るつもりですか？」

「言ったとおりにしろ」

甚兵衛は柱に向かい、縄をほどき始めたが、ほどいたところで一つ溜息をつき、平八郎に向き直った。

「ちょっと聞いてよろしやろか。これ、さっきから何の吟味でっしゃろ」

「手籠《てご》めだ」

「手籠め……だけでっか⁉」

平八郎は懐から、折り畳んだ切紙を取り出し、甚兵衛に開いて見せた。中身は訴状の形式を踏んでいた。

「昨日、こいつに襲われた小料理屋の女将、しのという女から正式な訴えがあった。町役の印もある。だから何も心配することはない」

「いや、それはまずいんと違《ちゃ》いますか」

「何が?」

甚兵衛は口をつぐみそうになった。御定書《おさだめがき》の規定を与力が知らないわけがない。だとすればこの男は百も承知で、あえて定めを破ろうとしている。

——どうしようか。

甚兵衛は迷った。

こっちは与力の言うことを聞いただけだ。あとで問題になっても、与力に命じられたと言えば不問にされるかもしれない。なにより平八郎の指示に従ったところで、同情はされても自分を責める人間はいないだろう。

だが、口をついて出たのは、本音とは裏腹な四角四面の正論だった。

「拷問《ごうどい》の許しが得られるのは殺しや付け火といった、死罪より重い罪になるもんだけと定められとります。まして吊り責めなぞ、医者がおらんとこで勝手にやるわけにいきまへん」

数ある拷問の中でも最も苦しいと言われているのが、吊り責めである。

これは容疑者の両腕を背中で捻《ねじ》りあげるように縛りつけてから吊るすが、このときうまい縛り方をしないと、吊るした瞬間に肩の骨が外れてしまう。うまく吊るせたとしても、この責めは苦痛が激しく、普通の人間は寸時に失神するほどだ。

したがって吊り責めに限らず、あまりに与える苦痛が大きい拷問に関しては、医者を同席させることも定められていた。

「俺の言うことが聞けねえっていうのか」

「あ、いや……聞かんとは言うてませんけど」

甚兵衛はしどろもどろになりつつ、何とか踏ん張る。

「いくら大塩様のお頼みでも、私ら役人が勝手にやってええことと悪いことがあります。せめて定めと手順は守らんと」

「ふうん」

平八郎は、何か珍しいものでも見るかのように、甚兵衛の顔をじろじろと眺めだした。

「変わってるな、おまえ」

――あんたには言われたないなあ。

思わず浮かんだ思いを隠し、甚兵衛は手のひらにじんわり汗をかきながら、とにかく愛想笑いを浮かべた。

「よし、わかった」

平八郎は納得したように、うんと頷くと、

「これから奉行所に行って手続きをしてこよう。それなら文句あるまい」

「ま、まあ、それなら」

甚兵衛としては話の流れ上、そう言わざるを得ない。

「では、ここで待ってろ」

「こ、ここででっか⁉」

平八郎が蔵の出入口に達するより早く、扉がばんと音を立てて開き、三つ紋付の黒羽織、腰に大小を差した細身の男が飛び込んできた。

「平八郎！」

名を呼ばわり、鼻息も荒く近づいてくるのは東町奉行所与力、大町休次郎《おおまちきゆうじろう》。平八郎より面長で色も黒く、陰で馬面と呼ぶ者もいたが、それはもっぱら外見ばかりに由来したあだ名ではなく、悍馬《かんば》のように激しやすい性情にもその因はあっただろう。

大坂は幕府直轄領であり、住民に対する施政も江戸同様、東西二つの奉行所が月交替で受け持つ。

各奉行所には与力三十騎、同心五十人が配され、与力は控え役の二人を除き、四人一組で全七組を編成することになっている。この組ごとに役割を分担して、事件や訴訟にあたるのだが、休次郎は平八郎の組頭であった。

「いま奉行所に戻ろうと思っていたところです。大町さん、実は罪人を一人、吊るしにかけたいんだが」

「あほなこと言うてるときやないぞ！」

悪びれた様子も見せない平八郎に、休次郎の黒い顔が一気に赤くなった。

「おまえ、いま自分が何してるかわかっとんか⁉　杣屋の倅を縄にしたやと？　なんでや！」

「素人女を手籠めにした廉《かど》です。理由なら添状にして、大町さんの見台の上に置いてきたはずですが」

「それ、わざわざわしの留守の間に出したやろ。わしが帰ってきたとき、おまえはおらんかった」

「おかげでここまで滞りなくことを運べました」

「わしが滞りだらけやわ！　とにかくもうええ。さっさとそいつを解き放て」

休次郎は後ろ手に縛られたまま、甚兵衛の横で胡座《あぐら》をかいている久代助を指さした。

「なにゆえです。吟味はまだ済んでおりません」

「もうええ言うてんのや。そいつが誰かを手籠めにしたなんちゅう話はない。おまえの作り話や」

「作り話とは、聞き捨てなりません」

平八郎は休次郎の前に歩を進めた。休次郎も決して背の低い男ではないが、平八郎に距離を詰められると、どうしようもない威圧を感じる。

「私はこの男に襲われた当の本人が書いた訴状をもとに吟味をしておるのです。それを作り話なども」

「その件なら承知しておる。いや、正しくはその件は先月、西町で受けてすでに沙汰《さた》済みとなったことだ」

「何ですと」

休次郎はようやく若干の余裕を取り戻した。

「西で沙汰済みのことを、東の我らがどうこうすることはでけん。これは御奉行の指示でもある。いますぐその男を解き放て」

話の流れを窺っていた甚兵衛も、横から口を挟む。

「大塩様。御奉行のお指図ではどうもしようがありません。ここは退《ひ》くべきやないかと」

甚兵衛の背後で久代助がゆっくり立ち上がった。

平八郎は休次郎を睨みつけていたが、

「大町さん、一つ聞きたい。御奉行は西との絡みをいつお聞き及びになったのか」

「ついさっきや。西から急ぎの使いが来て、それでおまえがここでやってることが知れた。奉行所中、大騒ぎになったわい」

久代助は満面の笑みを浮かべ、勝ち誇ってうわずった声をあげた。

「言うたとおりやろが。さっさとこの縄ほどかんかい、犬役人！」

甚兵衛に縄をほどかれた久代助は、左右の腕をこれみよがしにさすりながら、おお痛《いた》、などと呟き、平八郎に近づくと、

「えらい世話になったな。大塩平八郎。おまえの名前は絶対忘れへんぞ」

「それはよかった。今度とっ捕まえるときに手間が省ける」

「なんやと！」

平八郎にさらに迫ろうとした久代助の体を甚兵衛が押しとどめた。

「もうええ。これ以上、話をややこしゅうするな。とっとと帰れ」

「いずれこの借りはきっちり返させてもらうからな」

捨て台詞《ぜりふ》を吐くと、休次郎に伴われた久代助は責問蔵を出て行った。

「あのう、大塩様」甚兵衛も恐る恐る声をかける。「私もあの、そろそろ、もうよろしやろか」

平八郎はいま甚兵衛に気づいたように振り向き、

「ああ、悪かったな。付き合わせちまって」

と、さすがに殊勝なことを言う。

あの平八郎でも下手を打つのかと土蔵の扉に近づいた甚兵衛、気になってふと振り向いてみた。平八郎はそれほど意気消沈した様子にも見えなかったが、その理由を尋ねるのはなんだか恐ろしい気がして、そっと蔵をあとにした。

三

東町奉行所は北西の城門、京橋口《きょうばし》にある。

以前は西町奉行所も同じ場所にあったが、享保《きょうほう》九年（一七二四年）の大火の際、両奉行所ともに焼けてしまった。これを教訓とした幕府は奉行所再建の際、西町を本町橋の近くに置いて東町と離し、万一の危機に備えたのである。

東町奉行所の北には大川が流れ、川向こうの天満とこちら側の上町《うえまち》台地を繋ぐ天満橋が見える。この天満橋から、下流に向かって順に架かる天神橋《てんじんばし》、難波橋《なにわばし》の三本は浪花《なにわ》の三大橋と呼ばれ、いずれも長さ百間（約一八〇メートル）を超える堂々たる大橋であり、その欄干《らんかん》には幕府管理下の公儀橋であることを示す擬宝珠《ぎぼし》勾欄《こうらん》が輝いていた。

天満橋南詰の下流側にある八軒家《はちけんや》浜の船着場は、京大坂を結ぶ淀川舟運の要衝として賑わい、朝から夜まで人声の絶えることがない。かたや上流側は京橋口の城門や奉行所が近いため、八軒家の喧噪《けんそう》は橋を境にぴたりと消える。せいぜい橋の近くに住みついた浮浪の作った粗末な筵《むしろ》小屋が、点々と土手下の草むらに見えるくらいだが、京橋の浜と八軒家に挟まれたこの辺りの川縁《かわべり》は、よく小舟が集まって休憩したり、荷物の積み卸しをする光景が見かけられた。

彼らのたいていは、八軒家浜に旅客を運んでくる三十石船《さんじっこくぶね》に近づき、乗客に酒や食事を売りつける茶船、俗に食らわんか舟とかうろうろ舟と呼ばれる小舟の船頭である。その仕事はおよそ一日、大川や三郷の堀川を流して客を見つけるため、まずたいそうな体力を要した。

そんな彼ら相手に、逆に飲食を提供する屋台も、この川縁にはちらほらと集まっていた。三年ほど前から、屋台でうどんを売り始めた喜兵衛《きへえ》もその一人である。

「親父、生きてるか」

二つ並んだ屋根付きの荷箱の間で腰を曲げ、七輪にかけた釜《かま》の湯の煮え具合を確かめていた喜兵衛に、顔を覗《のぞ》かせたのは平八郎である。

「見ての通り、まだ足はついとるわ。お互い、憎まれ者《もん》は長生きするっちゅうさかいの」

「素うどんを頼む」

そう言って平八郎は紙入を取り出し、中から銭を探って荷箱の棚にぴしゃりと置いた。

「相変わらずしわい奴《いや》っちゃのう。うちはあんかけもしっぽくもあるんやさかい、たまにはほかのんも頼んでみたらどやねん」

喜兵衛は銅銭を腰に下げた巾着《きんちゃく》に入れ、荷箱の引き出しからつかみ出したうどん玉を、無造作に釜の中へ放《ほう》り込んだ。

当年とって六十三歳の喜兵衛は、年の割には足腰も丈夫で、うどんの材料から煮炊きする鍋釜《なべかま》、客用の丼《どんぶり》まで一式しまい込んだ二個の荷箱を、天秤棒《てんびんぼう》一つで軽々と持ち上げる。その屋台を担いでほぼ毎日、北船場の枡屋《ますや》町《まち》からここまで、およそ半里（約二キロ）あまりの道を通ってくるのだ。

平八郎とは昨年の冬、喜兵衛が東町奉行所の正門前に置いた夜鳴きの屋台に、当直中だった平八郎が、ふらっと顔を出して以来の付き合いとなっている。お互い、気兼ねのない口の利き方が気に入ったらしい。

「足の具合はどうだ」

「昨日、やっと床から離れた。三日も寝とったさかい、体は生気に溢《あふ》れとる。今日の屋台は片手で提げてきたったわ」

「無理はするな」

「ほんまのとこ、休みとうてもたちまち食うてかなならんしな。まあ、襲うてきよった連中が、この商売道具を無事に残してくれよったんは礼を言うわ」

襲ってきた連中とは五日前の話だ。

喜兵衛はいまでこそ屋台のうどん屋だが、もとは堂島で小さいながらそこそこ評判のいい、料理屋の主をしていた。それが六年前、近くの米問屋から出火した火事に巻き込まれ、店を含む全財産と女房を失ってしまった。

子どももなく、頼るべき親戚《しんせき》もなかった彼は、その後しばらく生きる気力さえ失って浮浪同然の暮らしをしていたようだが、そんな彼が住みついたのが北船場の西本願寺、津村御堂の近くにある枡屋町の空地である。

ここには喜兵衛と同じく、火事で焼け出されて住む場所と仕事を失い、再起のきっかけがつかめずにいる者たちが多く集まり、それぞれ勝手に小屋などを建てて、ちょっとした集落を作っていた。

もっとも三郷のど真ん中にそのような場所があれば、普通はそこまで大きくなる前に奉行所の手が入り、御救小屋《おすくいごや》という名の収容所に収容されるか、追い散らされるのがおちである。そうならなかったのは、ここが表通りに店を構える材木商、大増屋助太夫《すけだゆう》の土地だったからだ。

もともと彼は、材木置場を広げるためにこの土地を手に入れたのだが、喜兵衛ら窮民が集まっていることを知ると、あえて追い払うことはせず、そればかりか雨露をしのぐにも難儀する人々に木材を提供し、小屋を建てる手伝いまでしたという。

もちろん助太夫も空地の住人たちをずっと庇護《ひご》するつもりではなく、できるだけ早々に生活の基盤を整え、ここを出て自立することを望んでいた。喜兵衛が屋台を始める気になったのも、何とかこの助太夫の善意に応《こた》えたいという思いからだ。

ところが昨年の暮れ。同業の杣屋徳兵衛がこの土地に目を付けた。ここに杣屋の足場となる店を一つ出せれば、さらなる利益の拡大が望めると同時に、当面の商売敵でもある大増屋に大きな圧迫を与えることができる。そこであの土地を遊ばせておくくらいなら、自分に売ってくれとしつこく掛け合いだしたのだ。無論、杣屋の魂胆に気づいている助太夫に売る気などない。頼み込んでも埒《らち》が明かないと判断した徳兵衛は、何と奉行所に訴え出た。

他人の土地を売りに出せと迫るような訴えに、奉行所が取り合うはずはないと高を括っていた助太夫だが、この四月に着任したばかりの西町奉行内藤隼人正矩佳《ないとうはやとのかみのりとも》は訴えを受理し、このまま空地が浮浪の巣となるようなら、速やかに杣屋に売却いたすべしという調停案を提示した。

この裁定に勢いを得て、徳兵衛はさらに強く助太夫に迫ったが、助太夫は住人たちの身の振り方が決まるまではと言い訳しつつ、時間を稼いで交渉になかなか応じようとしなかった。

事態が膠着《こうちゃく》したまま起きたのが、七日前の事件だ。

使用人を含む助太夫の一家が悉《ことごと》く殺されたことで、保護者を失った空地にはその翌日から、やくざ者らしき風体の男たちが数名で現われ、住人たちを大声で脅したり、小屋の戸を破ったりして、あからさまな威嚇を始めるようになった。彼らが徳兵衛の意を受けて動いていることは、ほぼ明らかだった。

そして五日前、喜兵衛はこの男たちから屋台を守ろうとして、袋叩きの目に遭ったのである。

幸い骨折もせず、命に関わるほどの大怪我《おおけが》ではなかったが、騒ぎを耳にして駆けつけた平八郎が見たのは、紙風船のように膨れあがった喜兵衛の顔であった。

とはいえ喜兵衛自身は特に落ち込みもせず、腰を棒で叩かれて三日も寝込むことになったものの、見舞いに来た平八郎には憎まれ口を叩き続けることで、彼を安堵《あんど》させた。

「おまえをそんな目に遭わせた奴らは、必ずひっ捕まえてやる」

「いらんことや」

「なに？」

平八郎は聞き返したが、喜兵衛は屋台の中で腰を曲げ、七輪にかけた鍋からゆがいたうどんをすくっている。

「あの連中が、大増屋の旦那《だんな》が殺されたのを物怪《もっけ》の幸いとした杣屋に操られとるのは、わしでもわかる。つまりそんな連中なんぼ捕まえたかて、わしらがあそこで安心して暮らしていける道理はないんや。もうわしらを守ってくれるもんはどこにもおらん」

「だから奉行所が」

「奉行所が何をした？」喜兵衛は屋台の中から平八郎に顔を向けた。「西町がやったことゆうたら、わざわざ杣屋の訴えを聞き届けて、杣屋の言い分に御墨付《おすみつき》を認めたようなもんやないか。あれで大増屋の旦那はずいぶん弱ってはった。わしらもなんとか旦那を助けたいと思たが、金も力もない連中は何人集まろうとやっぱりなぁんもないねん。一人で両方持っとる杣屋みたいな奴にはどう逆立ちしても勝てん。その証《あかし》に奉行所かて杣屋の言いなりやないか」

黙り込む平八郎を見て、さすがに言い過ぎたと思ったか、喜兵衛はうどんを入れた丼と箸《はし》を渡しながら付け加えた。

「東のあんたに西の文句ゆうてもしゃあないことはわかってる。ほかにこんな愚痴をこぼせる奉行所の人間なんかおらんでな。気を悪うせんでくれ」

「せめて東の月番だったらな」

「はん？」

「杣屋が訴え出たのが月番の西町ではなく、東町だったら、そう簡単に杣屋の言い分が通ったとは思えんが」

喜兵衛は力のない笑みを頬に浮かべ、やれやれとでもいうように右手のひらを軽く振り、

「同《おんな》じやで、大塩はん。そら役人のあんたが見たら、東と西では違うのかもしらん。けどな、わ

しらにしたらどっちもどっちや。東やろうが西やろうが、奉行所が貧乏人に味方したことなんかあるかい。金持ちの言うことはよお聞いてもな」

喜兵衛の皮肉が込められた言葉を、しかし平八郎は最後まで聞いてはいなかった。柳並木の下に彼が待っていた男の姿を見つけ、丼を手にしたまま土手を上っていったからだ。


「うどん、喰《く》うか」

柳の下で片膝《かたひざ》を立て、草鞋《わらじ》の紐《ひも》を締め直す男に声をかけた。丈の短い麻の小袖に股引《ももひき》、脚絆を付けた姿は近在の百姓にも見えるが、月代は剃らず、頭から薄汚れた手拭《てぬぐい》を頬被《ほおかぶ》りしている。聞かれた男は、よく日に灼《や》けた精悍《せいかん》な顔を上げた。

顔立ちからは年齢が読みにくいが、よく見れば目尻の皺《しわ》が案外深いことに気づく。男は当年とって四十一歳。祖父政之丞が最も信頼を置いた手先にして、密偵である。彼を引き継いだ平八郎にも頼りになることこのうえない存在で、事実、定町廻りとなって平八郎があげた手柄のほぼすべては、この左次《さじ》がもたらしたといって過言ではない。

「いえ、無用に」

「そうかい。じゃ、首尾を聞こう」

平八郎が柳の下に身を寄せ、うどんをすすり始めると、天王寺《てんのうじ》の左次はまた己の草鞋に視線を戻した。

「旦那のお見立て通りで」

「走ったのはあの手代か」

左次は小さく頷いた。

「旦那が久代助を引っ立てた後、泡を食って信濃橋《しなのばし》の杣屋本家に駆け込みよりました」

信濃橋は三郷の真ん中を南北に走る西横堀川に架かる橋である。この辺り一帯は水運を利用した材木商も多く、襲われた大増屋の店も一町（約一〇九メートル）ばかり北にあった。杣屋本家はここに材木問屋として、広壮な店舗と屋敷を構えていた。

「すぐに使いらしい男が出てきてどこかへ走り出し、もう少し経ってから杣屋徳兵衛が現われたんで。あっしはその後をついていくと」

「最初に飛び出た使いの行く先も確かめたいところだが」

「心配御無用」左次は口角を上げげた。「あっしらの仲間は三郷の内なら橋の上、道の端、商家の軒先やろうと、どこなとおりますゆえ」

言われて平八郎は、改めて左次が垣外《かいと》の者であることを思い出した。

垣外とは当時の身分制度から生み出された非人、すなわち貧人の集住地を指す。それらは豊臣政権末期から大坂の陣後の再建期にかけて作られ、最終的には天王寺、鳶田《とびた》、道頓堀、天満の四ヶ所に定められた。ゆえに垣外そのものを指して四ヶ所《しかしょ》と呼ぶこともある。

実は三郷の域内で見かける物貰い、乞食《こじき》、願人坊主や屑拾《くずひろ》いの類は、ほぼ四ヶ所いずれかの垣外の住人であった。さらに垣外の男たちは各町の番小屋に詰める番太や奉行所の手先を務める者も多く、ゆえに奉行所の仕事にはたいてい協力的である。

たまたま杣屋の屋敷周囲で見かけた物貰いが、左次と同じ天王寺垣外の住人だったことも幸いし、左次は杣屋から出てきた最初の使いをつけるよう頼んだのだ。

「あっしがつけた徳兵衛は本町の久代助の店に裏から入り、しばらく後に本町橋を渡ってきた頭巾姿のお武家が、やはり裏口から」

「武士《さむらい》だと？」

左次は草鞋を締め終わった様子で立ち上がり、小袖の裾をぱんぱんと払った。

「最初に杣屋の使いを追った男とそこで落ち合いました。つまり間違いなくそのお武家は徳兵衛に呼ばれて来たいうことです」

「どこから」

「本町橋のすぐ傍《はた》と言うたら」

「西町……」

唸《うな》るように声を絞り出した平八郎に、左次は頬被りした横顔で頷いた。

「明るい盛りやったさかい、久代助の屋敷には忍び込めませんでしたが」

「その二人が何を話したかはわかっている。問題は徳兵衛の相手は誰かってことだ」

「久代助の店から二人が出た後、あっしはお武家の方をつけました」

左次は平八郎に顔を向けた。

「聞く覚悟はおありで」

「もったいぶるな。とっとと話せ」

ごくたまに、左次はこういう言い方をすることがある。特に手に入れるのに苦労した情報などはその傾向が強い。ただ、今回は。

「弓削新右衛門《ゆげしんえもん》。西町で諸御用調役《しらべやく》を務めてる与力です」

「弓削……新右衛門？」

どこかで聞いた名前だ。いや、何かの折に見かけたこともあるだろう。ただし、親しく会話をするような仲ではない。

「その男は内寄合《ないよりあい》が東町で開かれる折に、何度か西町奉行と一緒に東町に来ておるぞ。そうだ、あの男だ」

だんだん思い出してきた。と同時に、諸御用調役という役の重さも意識せざるを得なくなった。左次がもったいをつけた理由もわかる。諸御用調役は与力の中で最高位とされた役だからだ。一介の定町廻りに過ぎない平八郎とは、格からいえば雲泥の差がある。

「ねぎ、いらんかえ」

平八郎の思考は、足下から聞こえた甲高い声で中断された。

見下ろすと、山盛りの青ねぎが鼻先に突きつけられた。その小鉢を手のひらにのせ、高く掲げている鶴吉《つるきち》は、喜兵衛と一緒に暮らしている少年だ。もちろん喜兵衛の孫であるはずはなく、鶴吉もまた六年前の火事で両親を失った被災者の一人であった。

「ああ、少しもらおう」

平八郎が差し出す丼に、鶴吉は箸でつまんだねぎを載せる。

「おじちゃん、字ぃ教えてよ」

鶴吉はなぜか向学心の強い少年で、平八郎を見ると字を教えろとせがむ。もしかすると、親の記憶に関係あるのかもしれないと思ったが、

「悪いが今日はちょっと忙しくてな。また今度にしてくれねえか」

そう言って傍らを見ると、左次の姿はいつの間にか消えている。平八郎は残りのうどんと汁を一息に喉に流し込むと丼を鶴吉に返し、奉行所の門に向かって歩き出した。

四

定番玉造《じょうばんたまつくり》組与力、坂本鉉之助《さかもとげんのすけ》が東町《ひがしまち》奉行所の門をくぐったのは、そろそろ七つ半（午後五時頃《ごろ》）にさしかかる頃。

大坂城には北西の京橋口《きょうばし》、南東の玉造口に、城を警衛するための定番職が置かれている。それぞれ譜代大名から選ばれ、一年から数年にわたる任期を務めて転任していくのは城代や奉行と同じ。この下に配された玉造組、京橋組を構成する与力同心が、概《おおむ》ね地元の生まれ育ちであることも奉行所同様である。

ただし犯罪の取締や捕縛だけでなく、様々な局面で住民の生活に関《かか》わる奉行所の同心が東西合わせてわずか百人しかいないのに対し、通例、市中に出る機会などない定番同心が倍の二百人もいるのは、その職務の性格の違いによる。

すなわち、奉行所の与力同心は行政組織の一員として文民的な役割を果たすが、定番は城が攻められた場合に城門を守る戦闘組織であり、所属する与力同心は純然たる戦闘員という位置づけになる。

二百年の太平で人々は忘れかけていたが、大坂城は江戸幕府が関西以西の国を監視するために置いた、最も巨大かつ重要な軍事施設なのだ。

それゆえ定番組に所属する与力同心は、剣術はもちろん、槍術《そうじゅつ》、弓術に秀でた者が多く、組屋敷で道場を開く者もいた。玉造組与力柴田《しばた》勘兵衛《かんべえ》もその一人で、彼は佐分利流《さぶりりゅう》槍術の達人として役宅の一部を開放し、教えを乞《こ》う者には隔てなく指南した。

坂本鉉之助と大塩平八郎《おおしおへいはちろう》は、この柴田道場の同門であった。

大門から奉行所の玄関まで列《つら》なった敷石を順に踏みしめて鉉之助が式台の前に立つと、呼ぼうと思った相手がちょうど廊下の奥からこちらに向かってくるのが見えた。

「待て、待たんか、平八郎」

呼ばわりながら平八郎の後を追うのは大町休次郎《おおまちきゅうじろう》。玄関の間に出る手前でやっと立ち止まった平八郎に追いつくと、ほっとした顔で息を吐いた。

「先ほど御奉行も念を押されたとおり、西町《にしまち》で沙汰《さた》済みになったことに口を挟んではならん。そのことはおまえも承服したろう」

「いかにも」

「ならばどこへ行こうとしておる。部屋を出る折に何か口走ったであろうが」

「西町が羽鶴《はねつる》の女将《おかみ》しのの訴えに応《こた》えて吟味を行い、その上で裁定を下されたなら、その件に口出しはいたしますまい。ただ私はしのから、乱暴を働かれてすぐさま月当番の西町に訴え出たが、一切取り合ってもらえなかったとのこと、この耳にしかと聞いております。しかも訴えに出かけたよりほかに西町には近づいたこともなく、無論、詮議《せんぎ》のため御白洲《おしらす》に呼び出されたこともないと。それをいまになって西町で詮議が済んでおったとはまことに奇っ怪千万な話。そのうえ、確かな手証《てしょう》もないゆえ久代助は吟味に及ばずとは、いったいどこの誰《だれ》がこのようなぬるい仕置を行ったか、後学のためぜひそのぼんくらの名を教えていただきたいと内藤隼人正《ないとうはやとのかみ》殿に頼むだけで、ほかに含むところはあり申さず」

「わあっ、やっ、やめろ。おまえは西町とことを構えるつもりか⁉」

休次郎は平八郎の前に回り、両手を上下させて平八郎を進ませまいとする。が、平八郎は休次郎の肩を摑《つか》み、苦もなく自分の後ろにぐいと回して、玄関に進み出た。

　そこで鉉之助の姿に初めて気づいた。

「なんだ、鉉之助ではないか。何か用か」

「何か用とはずいぶんなご挨拶《あいさつ》だな。まさか今宵《こよい》の約束を忘れておったのか」

「今宵の約束?」

　問い返す平八郎に、鉉之助は呆《あき》れ顔で首を振る。

「先日、柴田先生の道場で出会った折に、今度の坐摩《ざま》の縁日に一献交わそうと申し合わせたであろう」

「おお」平八郎は軽く、当惑の色を表わした。どうやら本当に忘れていたらしい。「すまん、今日はこれからいささか取り込みそうでな」

「取り込むとは、西町奉行に会うのなんのという話か」

「聞いておったのか」

「聞こえたんや！」

鉉之助は背後を見回して、外の色を確かめた。

「いま何時《なんどき》だと思っている。奉行なぞとうの昔に役宅に引っ込み、いまごろ亀《かめ》に餌《えさ》でもやっとるわ」

奉行に限らず、この頃の公務に就く武士の勤務時間は、平常なら出仕して五、六時間ばかりであった。つまり朝の五つ時（午前八時頃）に役所に出てくれれば、昼飯をとる時間を挟んでも、八つ（午後二時頃）には帰宅できる。

「むう」

平八郎は正面を睨《にら》み据えたまま、鼻から息を吐き、呼吸を整えた。

「そうか……もう、そんな刻限であったか」

鉉之助はかつて酒席で師匠の柴田が平八郎を評し、あの男は自分がこうと思い込んだら、周りは何も見えんようになるのだろうなとぼやいたことを思い出した。柴田によると、平八郎は夜中でもふと、槍術のよい工夫を思いついたと言って、いきなり柴田の屋敷の門を叩《たた》くことがあったという。

その光景を想像して思わず笑ってしまった鉉之助に、平八郎はへの字に曲げた口で「着替えてくる」とだけ言い残し、廊下の奥に戻っていった。

三郷の人間にとって、六月は祭り月である。

一日の四天王寺勝鬘院《しょうまんいん》から始まり、十四日からは難波《なんば》牛頭《ごず》天王《てんのう》、十五日に島之内《しまのうち》御津《みつ》八幡宮《はちまんぐう》、十六日に天王寺毘沙門《てんのうじびしやもん》、翌日に御霊《ごりよう》神社、さらにその翌日の高津《こうづ》神社と連日、縁日の予定が目白押しなのだ。

二十二日は南船場《みなみせんば》、西横堀《にしよこぼり》に面した坐摩宮の祭礼が行われることになっているが、圧巻はこの三日後に行われる天満天神《てんまてんじん》祭だろう。特に大川《おおかわ》を利用して行われる船渡御《ふなとぎよ》は、天神橋から出港する神輿船《みこしぶね》を中心に、囃子《はやし》船や太鼓船など音曲を奏でる船、地車《だんじり》や神鉾《かみほこ》を載せた船など大小様々の供奉船《ぐぶせん》百艘《そう》余りが川面《かわも》を埋め尽くし、一夜限りの壮観を見せてくれる。

坐摩宮は正式名称を「いかすり」と読むが、地元の人間はたいてい「ざまさん」で通る。大川からは少し離れているものの、ここの縁日が始まれば、もはや天神祭も近いとして、三郷《さんごう》全体がどこか落ち着かない気分になるのも無理はない。

ただし、今年はいささか様子が違っていた。もちろん祭日で町の通りも飾り立てられ、高張提灯《たかはりちようちん》や幔幕《まんまく》が目につくのだが、いまひとつ人々の盛り上がりが薄い。

「六道丸《ろくどうまる》のせいだろうな」

八軒家浜《はちけんや》にある料理屋の小上がりで、鉉之助は手酌の盃《さかずき》を飲み干し、呟《つぶや》いた。

八軒家浜とは、もともと旅籠《はたご》が八軒並んでいたからこの名がついたという。普段でも賑《にぎ》やかで繁盛する店の多い場所だが、さらに大川に面した立地のおかげで、祭の季節には宿代も飲み代も倍に跳ね上がった。

いま、鉉之助が平八郎と差し向かいで飲むこの店も、二階の座敷は川の流れも一望できる、いわば御大尽《おだいじん》向けの部屋だ。ただし一階の小上がりで飲み食いする分には、与力程度の収入があれば、さほど無理をする必要はない。

　鉉之助はなじみらしいこの店に平八郎を連れてくると、慣れた様子でいつものを頼むと女将に声をかけ、奥の小上がりに陣取った。

「あれは海賊だからな。この町は堀や川に囲まれて、船溜《ふなだ》まりはあちこちにある。もし船に籠《こも》られたら、ほん近くにおっても滅多なことではわからん。河口《かこう》の番所は大増屋の一件のすぐ後で警戒を緩めとらんだろうし、つまり皆、六道丸はまだ三郷に潜《ひそ》んどるんやないかと思うとる。実際のところ、奉行所じゃあどう見てるんだ」

「俺《おれ》の受持ちの外のことだ。俺にわかるわけがない」

「つまらん奴《やつ》だな。杣屋《そまや》の倅《せがれ》の尻《しり》なんぞいつまでも追うとらんと、もっと奉行所らしい仕事をしたらどうだ」

「杣屋の倅の罪を暴くのも奉行所の仕事だ」

　この二人が酒を飲むと、たいてい途中から言い争いになる。それでいてこの二人、翌日にはけろっとして、いつの間にかまた一緒に飲んだりしている。互いに腹蔵ないところを言い合える、貴重な相手であることは十分に認識しているのだろう。

「おまえの着替えを待つ間、玄関で大町さんから聞いた。おまえが訴状を書かせた女は、訴えを取り下げたそうやないか」

　牢《ろう》屋敷を出た平八郎が、その足で末吉橋《すえよしばし》のしいのを訪ねると、確かにあの訴状はなかったことにしてほしいと泣きつかれた。

「杣屋に金を摑まされたか、脅されたか、いずれにせよ気の毒なことをした」

「気の毒だあ？」

その言い草が鉉之助の気に引っかかったらしい。

「そりゃやっぱり、おまえが無理矢理杣屋の倅を引っ立てるため、その女に訴えさせたな」

「女が西町に取り合ってもらえなかったのは本当さ。それで許すのかと聞いたら許したくないというから、それなら俺が受けてやると言ったまでだ」

「それにしても捕まえてすぐに放免するとは、大塩平八郎ともあろう男が半端な真似《まね》をする」

詰《なじ》ってみても、平八郎が落ち着いていることに、鉉之助は気がついた。

「おまえ、まさか」

「ん？」

「はなから杣屋の倅が狙《ねら》いじゃあなかったな。どういうことだ。説明してみろ」

「どうして組頭にも話さぬことを、おまえに明かさねばならん？」

「独りで動いとるのか⁉　その方がよほどのことだと思うが」

「いま奉行所の中じゃ、どこに目があり耳があるかわからんのだ。軽々《けいけい》に話せることではない」

「この俺も信用できないというのだな」

いつもの平八郎なら、ああ、そうだと答え、そこでまたいつもの言い争いになるはずだった。

が、意外にも今日の平八郎は盃を持つ手首を膝《ひざ》に置き、板床に目をやって神妙な面持ちを見せると、

「末吉橋の女将には申し訳ないことをしたと思っている。できれば、あの女のためにも久代助にしかるべき裁きを受けさせたかったが」

これには鉉之助の方が戸惑った。が、平八郎は続ける。

「十日前の夜中、東町の門前に捨訴《すてそ》があった」

捨訴とは、奉行所や評定所の門前などに密《ひそ》かに置かれた訴状のことだ。

そのほとんどが訴人がわからない、あるいは特定できないように書かれているため、その内容も単なる中傷や憶測、思い込みに基づく訴えが目立つ。当然、それらの訴えがまともに行政に採りあげられる例はなく、通常は開封もされずに焼却される。

ただ、この夜の当直に平八郎が混じっていたことが若干、事態を複雑にした。

「確かに捨訴とは十中八九、ただの讒言《ざんげん》、讒訴《ざんそ》といっていい。しかし裏を返せば、いま三郷で恨みを買っているのは誰かとか、読めばなかなか面白いこともある。だから俺なんざつい、捨訴を見つけると焼き捨てる前に読みふけっちまうんだが」

そう言うと平八郎は、自嘲《じちょう》するように唇の端を上げた。

「十日前の捨訴に書かれていたのは、杣屋徳兵衛《とくべえ》が西町奉行所の者とつるんで、御政道をねじ曲げているってえ話だった」

「西町の者と？　誰だ、それは」

平八郎は首を振った。

「そこまでは書かれていない。恐らく本当に確かめようがなかったのだろう。だが、これでふと思い出したのが、大増屋《おおますや》の土地を巡る一件だ」

それから平八郎は、喜兵衛《きへえ》たちの住んでいる土地を杣屋が欲しがり、西町奉行所に訴え出たところ、杣屋に有利な裁定が下された経緯を説明した。

「しかし、それは」鉉之助は腕を組んで唸《うな》った。「市中の浮浪を取り締まるのは、もとより開幕以来の御公儀の方策だ。大増屋が己の土地に浮浪を集めていたとなれば、奉行所もそうと知って放置はできかねるだろう」

「その御沙汰が、なぜ杣屋に売り渡せと指示する中身になったかが問題だ。そもそも杣屋の訴えがいとも簡単に西町に採りあげられたことも解せぬ。だがもしこの捨訴にあるように、杣屋が西町の相応の者を飼い慣らしていたとすれば、理屈はつく」

「それじゃ、おまえは」

鉉之助は気づいて目を剝《む》いた。

「本丸は杣屋だったというのか。そのために息子を引っ立てたと」

「いきなり杣屋に斬《き》り込める材料が何も見つからなかったんでな。ところが息子の身辺を探れば、これが親とは似ても似つかぬ隙《すき》だらけの男で、女との揉《も》め事も十や二十ではきかねえくらいの噂《うわさ》がある。だからこいつをふん縛《じば》れば、必ず親父《おやじ》が動くと思ったのさ」

「左次《さじ》に探らせたか」鉉之助は、平八郎の手先とは、彼の家でたまたま出会って酒を飲んだことがあった。「あの男は、できる奴だ」

「狼《おおかみ》を捕まえるには、まず狼の子を狙う。こちらの思惑通り、杣屋が繋《つな》ぎをつけた相手は割れた」

「誰だ」

「ここから先は、いくらおまえでも」

平八郎は顎《あご》を引いて、小さく咳払《せきばら》いをした。

「もう少し動かぬ手証を集めて、相手がぐうの音も出ないところまで追い詰めないと。だが、これでわかったろ。俺はいま、海賊退治よりも大事な仕事があるんだ」

そのとき。

「お話し中に割り込む無作法を堪忍しとくれやす。こちら、大塩平八郎様のお座敷でございますな」

振り向くと、小上がり前に一本渡して他の部屋とも繋ぐ廊下に、縞《しま》柄の紬《つむぎ》を着た男が平伏している。上げた顔を見れば五十も半ばを過ぎたあたりか。実直そうだが、平八郎には見覚えのない顔だった。

「どこかで、会ったかな」

「手前の方は、何度か店の前でお見かけしたことがございます。一度、道端でご挨拶させてもろたこともありますが、大塩様には覚えてはらしませんやろ」

言われて、確かにこの男は見知っていることを思い出してきた。それも、そんなに昔の話ではない。

「今朝は店を留守にしとりまして大変失礼いたしました。手前どもがおりましたら、粗相のないようにお相手でけましたもんを」

「おまえ、杣屋の」

「へえ、本町通《ほんまちどおり》で番頭を務めさせてもろてます、与三吉《よそきち》と申します。以後はよろしゅうお見知りおきを」

与三吉はもう一度平伏し、その姿勢のまま廊下から座敷の内に、じさりと這《は》い入ってきた。

「本日は私どもの主《あるじ》がたいそうなご迷惑をおかけしたとか。まあ、誤解は晴れてよおございましたが」

平八郎は面に感情を見せずに聞き返す。

「久代助はどうしてる」

「本町店の奥座敷にて謹慎しとります。部屋の外に見張りも置いてますし、しばらく頭を冷やしてもらいまへんと」

「あの男にしちゃ殊勝じゃないか。おまえさんの指図か」

「滅相もない」与三吉は目を丸くして顔を上げた。「久代助は直《じか》の主でございますよって、押し込めるなどよおできまへん。これは本家のご意向にて」

「杣屋徳兵衛か」

与三吉は再び畳すれすれに額を近づけ、腰の後ろに置いた四角い包みを、右手で前に押し出してきた。

「本家は杣屋の跡取りに恥ずかしゅうないよう、それは厳しく主をしつけとられます。此度《こたび》のことも濡《ぬ》れ衣《ぎぬ》とはいえ、主に疑われるような落度がなかったとはいえず、あまつさえ大塩様に向かって無礼な態度をとったこと、本家はことのほかお腹立ちになられ、かくの如《ごと》き処分をお申し付けにならはりました」

与三吉は前に置いた包みの風呂敷《ふろしき》をゆっくり左右に開く。中から桐《きり》で作られた菓子折が現われた。

「それは？」

「此度の一件でおかけしたご迷惑の数々、まずは手前どものお詫《わ》びの気持ちをお収めいただきたいと」

さらに両手を伸ばして平八郎の前に、ずいとその箱を進める。

「そんなものいらねえ。持って帰れ」

平八郎は片膝《かたひざ》を立てて与三吉を睨むが、与三吉は風呂敷を畳んで胸元に入れながら、何度も会釈を繰り返し、廊下の方へと後じさる。平八郎はさらに呼び止めて、

「俺をずっとつけてたのか？」

「そんな滅相もない。手前は本家大旦那《おおだんな》から、大塩様がこちらにいらっしゃるので、すぐ菓子折を用意して来るよう申し付けられただけで」

与三吉は平八郎の視線を受けただけで目を白黒させた。

「来てるのか、徳兵衛が。この店に？」

「へ、へえ、今日は問屋仲間の例会がありまして、そんなところでたまたま大塩様をお見かけし

たんやと思いますが」

与三吉がそそくさと退席したあと、上目で天井を見つめている平八郎に鉉之助が声をかけた。

「おい、ちょっとこれ見てみろ」

鉉之助が示したのは、四角い切餅《きりもち》を並べた上の段が外された菓子折、すなわち二重底である。なんとその下にも、切餅の包みに似せた白い紙包みが敷かれていた。

「まあ、杣屋が奉行所の与力に、ただの切餅を届けにくるわけもないと思っていたが」

鉉之助はそのまま遠慮なく、白い包みの一つをひねり破った。中からばらばらと、小判がこぼれ落ちてきた。

「おお、これはなによりうまそうだ」

感嘆の声を上げる鉉之助に平八郎、

「どれくらいある？」

「そうだな。十両包みが五枚……五十両というところか」

「安く見られたものだ」

平八郎は立ち上がった。鉉之助が見上げる。

「何をするつもりだ」

「上に来ているというから挨拶してくる」

「俺の馴染《なじ》みの店で騒動は困る」

「挨拶をしてくるだけだ。信用できないのか」

絶対に信用できなかったが、鉉之助はそのことには触れなかった。「その前に、この切餅をどうするか決めておかんと」

「どうするかとは、どういう意味だ」

平八郎は腰を落とし、こぼれた小判も拾い集めて箱の中に入れ、再び桐箱を手に立ち上がった。

「まあ、おまえに用意された箱だからな。おまえが好きにすればいいさ」

鉉之助は諦《あきら》めたように呟いた。


二階の座敷席では障子窓を開き、夜の大川の風を取り入れながら、酒宴の真っ最中であった。部屋の両側に配された膳《ぜん》の前にはそれぞれ問屋仲間の商人が座り、目の前の芸妓《げいぎ》の舞、三味線を存分に楽しんでいる。だが彼らの真の目的は、この部屋で川を背にして座る人物の機嫌を損ねず、歓心を買うことのみに集中されていた。

そこへ。

勢いよく廊下側の襖《ふすま》が左右に開き、平八郎がぬいっとその姿を現わすと、芸妓の立方《たちかた》は舞をやめ、地方《じかた》は三味線の棹《さお》を握ったまま固まった。

賑やかだった座敷は一瞬にして静まりかえり、客たちもまた、何事かと息を呑《の》んだ。ただ一人、川を背にして座っていた杣屋徳兵衛を除いては。

徳兵衛は伏していた目をゆっくりとあげ、平八郎の姿を認めると、右手の指先を軽く振った。それを合図に芸妓たちは衣擦《きぬず》れの音をさせて部屋を出て行く。入れ替わりに平八郎は、ずんずんと進み、徳兵衛の前にどかっと胡座《あぐら》をかいた。

「これは珍しいお客様や。東町奉行所の大塩平八郎様やおまへんか」

徳兵衛はもちろん五十は過ぎていたはずだが、よく日に灼《や》け、まだ壮年の盛りのような若々しさを感じさせる男であった。

彼は目尻に皺《しわ》を寄せて余裕を見せる。応えて平八郎も、

「杣屋徳兵衛。会いたかったぜ」

と、ふてぶてしい笑みを浮かべた。

「本日は息子が大変ご迷惑をおかけしまして、親として行き届かずまことに申し訳もないことをいたしました」

「なに、息子は息子、親は親だ。息子の罪を親がかぶることはねえ」

「そんな風に言うてくれはるのはほんまにありがたいことだす。災い転じて福のたとえもございますしな。私どもとしてはこの折に、大塩様とはもっと仲良うしていただけたらと思うとるんですが」

「それはいい。俺ももっとおまえのことを知りたいが、お互い深く知り合うのにこんな無粋なものは不要だぜ」

と言って小脇《こわき》に抱えていた菓子箱を、畳の上にどかっと置いた。中で小さくじゃりっと金属の音がした。

「さいですか。いや、これはほんのお詫びの気持ちやったんですが、お気に召さんかったなら手

前の至らなさどした。ほんならせめてここでお近づきのしるしに、一献お受け願えまへんやろか」

「その程度ならお安い御用だ」

と、平八郎は徳兵衛の膳の横に置かれていた徳利《とっくり》に、さっと手を伸ばした。一瞬遅れて徳兵衛が手を伸ばし、平八郎から徳利を受け取ろうとするも、

「いや、これはまず私が」

「いいから、盃を出せ」

平八郎に一喝された徳兵衛は苦笑を浮かべ、手元の盃に残っていた水気を払い、両手を添えて平八郎の前に差し出す。

「さいですか。そんなら今後とも、なにとぞよしなにお付き合い、お願い申し上げます」

「ああ、存分に付き合ってやる」

平八郎は徳利を持つ腕を、徳兵衛の差し出した盃よりすっと奥まで伸ばし、徳兵衛の頭の上で止めると、傾け始めた。

徳兵衛は微動だにしない。しかし無防備な頭頂部に浴びせられた酒は、徳兵衛の髻《もとどり》から月代《さかやき》を伝ってびたびたと流れ、やがて徳兵衛の顎の下から汗のように滴り落ちてきた。その場にいた客たちは誰もが息を呑み、まんじりと見届けるだけ。

酒がすべて落ちきると平八郎は徳利を膳の横に戻し、

「あんまり人になめた真似をするんじゃねえ。今度はこの程度じゃすまねえからな」

捨て台詞《ぜりふ》を残して立ち上がり、入ってきたときと同様、大股で畳を踏みしめ、出て行った。

徳兵衛は盃を持つ両手を伸ばしたまま、去って行く平八郎の背に深く一礼すると、ゆっくり上体を起こして盃を置いた。

その面に浮かんだあまりに穏やかな微笑に、集まっていた客たちは誰もが皆、背筋が凍りつく思いを覚えた。

五

空を分厚い雲が覆っている。梅雨寒《つゆざむ》の名残をまだまとうかの如く、若干の肌寒ささえ覚える朝であった。

平八郎はいつもより早めに目を覚まし、黒の小袖《こそで》に締めた帯に、刀架《とうか》から外した大小を差し入れた。玄関を閉ざす舞良戸《まいらど》を、がたぴし音を立てて開くと、いつも奉行所への行き来に同道する小者《こもの》の岩蔵《いわぞう》が、泡を食って飛び出して来た。

「なに、ちょっとこの辺りを歩いてくるだけだ」

だから供はいらねえと言い残し、屋敷を出たのが六つ半（午前七時頃）あたり。

近江《おうみ》の琵琶湖《びわこ》から京を経てきた淀川《よどがわ》は、天満の東端を劃《かく》するように南下し、城のそびえる上町《うえまち》台地に突き当たると大きく西へ曲がって、海へと灌《そそ》ぐ。

この天満の東岸一帯が川崎村《かわさきむら》で、ここに鎮座する東照権現、俗に川崎東照宮と呼ばれる神社の裏手に、平八郎が祖父から受け継いだ屋敷はあった。

東照宮の前を通り過ぎ、五町（約五四〇メートル）も西に進めば天満天神に行き当たる。今朝の平八郎はその道をとらず、権現の角まで来ると北に歩を進めた。

通りを何本か越え、やがて大小の寺の築地塀《ついじべい》がみっしり並ぶ寺町通りに行き当たった。寺町の後背は武家地にあてられ、与力、同心の組屋敷が置かれている。

弓削新右衛門《ゆげしんえもん》の役宅はすぐそれと知れた。与力町の南西に行き、ひときわ広壮な屋敷を探せばそれだと、あらかじめ左次から情報を得ていたからだ。

公務を果たす名目で与えられる役宅は、その職を離れたら公儀に返すのが筋だ。もちろん世襲職なら家禄《かろく》なので、当主が交代しても嫡子が後を継ぎ、家族が屋敷を引き払う心配をする必要はない。

ところが奉行所の与力、同心は一代御抱席《おかかえせき》といい、立場的には一応幕臣でありながらその職は一代限り、つまりその個人を臨時雇いとして召抱えるという形がとられていた。ゆえに役宅や俸禄も抱え入れた個人に支給され、その人物が隠居や病気などで職を辞すれば、空いた席は新規召抱えで補充する決まりだったのである。

ただこの規定も実際には与力同心ともに後継者、たいていは嫡子が、職を離れる本人と入れ替わりに新たに召抱えられる、すなわち事実上の世襲が常態化していた。これには彼らの家筋が不安定では士気にも関わる上に、奉行所のような特殊な仕事に経験の継承が行われなければ、非能率的で不合理なことが増えるという現場の判断もあったのだろう。

なるほど、でかい門構えだ。

平八郎は内心舌を巻きながら、自分の屋敷の棟門より二間（約三・六メートル）は広い長屋門に近づいた。新右衛門の前は与力でなく、それなりの地位にある城方の誰かが使っていたのかもしれない。

開いた門の間から中を窺《うかが》う。たいていの役宅では門を入ったところから玄関まで敷石が続いているが、この屋敷ではその間に小さな築山《つきやま》を造り、直《じか》に入口が見えないようにしてある。その築山にはやや紫がかった赤みを帯びた岩が、埋め込まれていた。

無粋の平八郎には、これが加茂川《かもがわ》から取寄せた貴船石《きぶねいし》だなどとはわからなかったが、二百石程度の俸禄で庭に置けるような代物でないことは、勘でわかった。

「拙宅に、なんぞご用か」

背後から声。振り向くと平八郎より頭一つは低いが、なかなか押し出しのいい四十がらみの男が立っていた。色は白く、年に不相応な頰のたるみ方をしている。ほとんど内勤で滅多に外出などせず、他人の金で酒を飲み、人に頭を下げたことのない役人によく見かける手合だ。

平八郎を見て、弓削新右衛門は怪訝《けげん》な顔つきになった。

「どこぞで、会《お》うたかな」

平八郎は唇を引き結んだまま、礼を失さぬよう上体を軽く倒した。そのまま立ち去ろうとしたが、

「いや待て、その方、見覚えがあるぞ。名は確か……」

呼び止められては仕方なく答える。

「大塩平八郎と申します」

「おお」名乗りの途中で新右衛門は声を上げた。「そや。大塩や。東町でずいぶん威勢のええ名を売っとるそうやないか」

「小盗《こぬす》っ人《と》を二、三人捕らえたことがあるだけです。世間は何でも大騒ぎにします」

「その盗っ人を捕まえる達人が、このわしになんぞ用か」

「いえ」平八郎は背筋を伸ばし、空を見た。曇っている。「目覚めると機嫌の良い朝となっておりましたので、いつもの散策がつい足を伸ばしてしまいました。ここでたまたまお見事な庭先につい目を奪われ」

「機嫌の良い朝……のう」

新右衛門も釣られて空を見上げたが、すぐ平八郎に視線を戻し、

「まあ、よい。もしご所望ならわしの庭先でも案内《あない》仕《つかまつ》ろうか」

「いや。それには及ばず。これにて御免」

平八郎は軽く手を上げて辞去の意を示すと、新右衛門に背中を向け、すたすたと歩き出した。

その後ろ姿を新右衛門は、目を眇《すが》めて見送った。


東照宮の裏に戻ってきたのは五つ（午前八時頃）過ぎ。

屋敷前の通りに出たところで、足を止めた。

門前で若い女が、なにやら中を窺っている。つい先ほど自分が弓削邸の門前でしていたことを、やり返された格好だ。思わず浮かんだ苦笑いを噛《か》み殺し、気配を消して女に近づいた。

「おい」

声をかけた瞬間、女は猫のようにびくっと身を縮め、目を見開いて平八郎を見た。

年の頃なら二十二、三。紺の小袖を着てほっそりとした体型をしているが、女として小柄な方ではない。島田髷《しまだまげ》なのはまだ嫁入り前ということか。ただ、平八郎には見覚えのない顔だった。この屋敷にはほかに祖父の代から住み込んでいる岩蔵がいるが、彼にも確か身寄りはないはずであった。

「この屋敷に何か用か」

重ねて聞くと、女は諦めたように小さく息を吐き、俄然《がぜん》、きっぱりとした力がその目に籠《こも》った。

「率爾《そつじ》ながらお尋ね申し上げます。こちらは、大塩平八郎様のお屋敷でしょうか」

平八郎は棟門を一瞥《いちべつ》し、また女に顔を戻した。

「大塩平八郎に何か用でもあるのか」

平八郎の問いに、女の表情がにわかに戦闘的になった。

「ご存じないなら、あるいはご存じであってても答えたくないのであれば、知らぬの一言で結構です。大塩様への用件は私の一身上のことであり、それをあなたさまにお答えする義理などありません」

おもしろい女だ。

彼には珍しく女への好奇心がむくりと湧《わ》いた。

男をみんな敵だと思ってやがる。

が、そんな推察はおくびにも出さず、仏頂面は動かさない。そこへ、

「旦那様？」

門の中から水撒《みずま》き用の手桶《ておけ》を提げた岩蔵が現われた。「いまお帰りで」

「ああ。今日は寺町のあたりまで足を伸ばしてな」

ややや表情を緩めて答え、女に視線を戻すと、彼女は気の毒なほど呆気《あっけ》にとられた様子で、平八郎を見ていた。

「言っておくがからかうつもりなどなかった。俺が、大塩平八郎だ」

若干のばつの悪さを感じた平八郎は、門前で立ち話もしづらかろうと、女を邸内に招じ入れることにした。

平八郎がこんな形で知らない相手を邸内に入れることは滅多にない。まして若い女があの門をくぐるなど、岩蔵の記憶にある限りは一度もなかったことだ。

雪でも降るんやろかなどと呟きながら、岩蔵はどこかいそいそと、湯を沸かしに勝手口へ駆け込んだ。

「突然お訪ねしたご無礼をお詫び申し上げます。私は博労町《ばくろうまち》研辰《とぎたつ》裏の長屋にて鼈甲師《べっこうし》を生業《なりわい》とする元岡山《おかやま》藩士、依井《よりい》半蔵《はんぞう》の娘登世《とせ》と申します。このたびは大塩様にぜひともお聞き届け願いたき儀あって、参上仕りました」

登世は庭の見える八畳間で両手をつき、畳に頭を擦り付けるほど近づけたまま名乗った。

「なるほど。立居振舞で武家の出だろうと当たりは付けていたが」

「恐れ入ります」

「一つ、断っておく」

平八郎は、登世を制した上で続けた。

「確かに俺は、時には市井の揉め事にも口を挟んだり、便宜《べんぎ》を図れる立場にある。この町を妙に重たい菓子折持って昼からうろついてるのは、そんな与力の力を借りたい連中ばかりさ。だが、その手合を俺の屋敷の周りで見かけることはない。なぜかわかるか」

体を起こした登世は表情を動かさず、まんじりと平八郎を見つめている。平八郎は腕を組んだ。

「己の都合で御政道を曲げるような頼みを目論《もくろ》む連中は、たいてい人の心は金で買えると思ってやがる。そんな了見で俺の屋敷を訪ねてきた奴は、一人残らず叩き出すことに決めているからだ。譬《たと》えで言ってるんじゃない。侍も町人もねえし、もちろん女だろうと容赦しない。そのことしかと承知した上で、話を続けるなり出て行くなり、勝手にしろ」

「ご忠言、承りました」

彼女の目には、迷いも恐れも見えない。再び両手をついて一礼、

「なれど本日は私のために御政道を曲げろとお願いするにあらず、奉行所に正しき御政道の御裁きをお願いいたしたき一念にて、大塩様のお力をお借りしたいと参った次第」

「奉行所に正しき御政道が行われていないと言いたいのか」

「大塩様はどのように思われます」

「問うておるのはこちらだ。問いに問いで返すんじゃねえ」

平八郎の声に不快の色が混じった。だが登世は動じず、再び手をついて頭を下げた。

「いまより二月《ふたつき》ばかり前、四月二十日のことにございます。私は本町で小間物商いの店を開く杣

屋久代助に、手籠めにされました」

平八郎、思わずぐっと顎を引く。

「いま何と」

登世ここで身を起こし、平八郎を見据えた。

「私はすぐ本町の番屋に訴え出ました。ところが番太の報《しら》せで東町奉行所から参られたお役人は、相手の名を聞いた途端、私の申し出に一切聞く耳持たなくなり、ほぼ門前払い同様に追い返されたのでございます」

「東町の者が？　まさか」

「いいえ、間違いなく東町の月番でした。そのお方は訴えを起こす際に必要な証人がいないとか急に言われても困るとか、つまりは私の不手際を責める言葉ばかり申されたのですが、私を襲った男は番屋から目と鼻の先にある自分の店に、のうのうと戻っていたのです。ちょっと呼びつけて私の前で話をすれば、あの男が何をしたかは明白になったはず。なのにいつまでも引き下がらない私に業を煮やしたか、そのお役人は、私が玉の輿《こし》に乗ろうとして相手にされなかったから逆恨みしてるんだろうとか、そんなありもしない話を言い出し始めて」

「待て。その東の役人の名前は何と言う？」

「聞かされておりません。聞いても答えてもらえませんでした」

登世は背に筋を入れた。

「果たしてかくの如き有様《ありさま》で、奉行所に正しき御政道が行われているとお考えですか。私が無礼を承知で思わず問い返したのは、そのことがあったゆえです。ところが昨日、もはや久代助に奉行所の手は及ばぬのかと諦めていたところ、あの男に縄をかけた与力がいると漏れ聞きました。あいにくすぐに解き放たれたようですが、久代助を捕縛するだけでも、いままで東西両奉行所のどなたもなされなかったこと。もしやその方ならば、せめて私の話に耳を傾けていただけるのではないかとの望みをつなぎ、つい恥もなく武鑑《ぶかん》を求めてお訪ねした次第」

ここで初めて登世は、うっすらと照れた顔を見せ、襟元から少しはみ出した武鑑の縁を押さえた。

これは一筋縄ではいかぬ女だ。平八郎は内心、唸った。

「久代助を解き放ちにしたのは、久代助に襲われたと申し立てた女が、訴えを取り下げたからだ。御政道を曲げたわけじゃねえ」

「私ならば、絶対に久代助を許すことなどしません」

「俺に久代助を訴えてくれと頼んだ女も、最初はそう言ってたよ」

昨日の久代助捕縛は鉉之助が看破したとおり、どうでも久代助を縄にかけるため、小料理屋の女将に久代助を訴えるよう仕向けた面はある。彼女が訴えを取り下げたのは織り込み済みだったとはいえ、柚屋側からいらぬ脅迫を受けたかもしれないことに関して、若干の忸怩《じくじ》たる思いが平八郎にはあった。

「それにこの手の訴えは現場を押さえたのでもない限り、慎重に事を運ばねばならん。その役人の言ったことは決して間違えてはいねえ。奉行所に恐れながらと訴えるときは町年寄《まちどしより》、あるいは大家ら町役にすべての事実を話し、彼らに納得させた上で奉行所に同道させる。奉行所に行けば今度は吟味与力の前で、自分の身の上に起こったことを再び事細かく説明しなきゃならない。若い身空《みそら》のおまえさんに、はたしてこうしたことが耐えられるかな」

「あなたさまも」

登世は唇を嚙んだ。

「あなたさまも、ほかのお役人と同じですか」

平八郎にしてみれば、久代助のおかげで徳兵衛と弓削新右衛門の関係が炙《あぶ》り出せた以上、あえて久代助の犯罪をもう一度つつく必要はなかった。優先順位で言えば、まず奉行所の内部に巣くう虫を退治する方を先にしたい。

それに、小料理屋の女将はいまは独り身だが二度ほど嫁にも行き、己の身に起きたこともあっけらかんと話せる年季の入った年増《としま》だ。同じことを、目の前にいる嫁入り前の若い女にさせるのは、あまりに酷ではないか。

「できない理由を探しておられる」

「なに？」

登世の言葉で、平八郎は胸を衝《つ》かれた。

「したくないことを拒むため、やれない理由を探し出して民の訴えを門前払いする。あなたもほかのお役人と同じでしたかと申し上げております」

「待て、登世殿」

登世は平八郎をきっと睨みつけたまま、いきなり左の膝を立て、着物の裾《すそ》を払った。

よく肉の締まった、真っ白な太腿《ふともも》が平八郎の目を射た。

「な、なにを⁉」

面食らう平八郎に、登世は右手の人差し指で、自分の左太腿の付け根に近い部分を指し示した。

ぽつりと、蚊に食われたような赤い痣《あざ》が三つ、縦に並んでいた。

「久代助の爪跡《つめあと》にございます。私を犯した際、あの男はここに爪を立てましたゆえ」

「まさか。おまえさんの災難は二月も前の話だったんじゃないのか。いくらなんでもこれは……」

登世は微《かす》かに笑みを浮かべたように見えた。

「ええ。久代助におもちゃにされた後、ここには確かにあの男の爪跡が残っておりましたが、翌日にはもう、色が消えかかっておりましたよ。ですから毎日、私は自分の爪で跡を残し続けたのです。いまとなればこれがただ一つの久代助の罪の証《あかし》。あの男の手をここに乗せれば、ぴたりと大きさが合うはずです」

平八郎は驚く、というより呆れて次の言葉がすぐには出てこなかった。

「なぜ、そこまで」

「あの男は私の面目を蔑《ないがし》ろにいたしました。このままでは私の一分が廃《すた》ります。なにとぞあの男に正当なお裁きを」

膝を戻して座り直した登世は、そう言ってまた深々と頭を下げた。

六

「久代助は父の商売相手でもあります。その日、杣屋の番頭が父の仕事場に現われ、前月に納めた品の売掛代金を支払うからついてきてほしいと言われました」

登世は、岩蔵が運んできたお茶に口を付けた後、おもむろに話し始めた。

「ところがその月は珍しく仕事が立て込んでおり、別の店の納期も迫っていたため、私が代わりに受け取りに行くことになったのです」

番頭とは恐らく与三吉のことだろう。彼は登世を連れ、本町通とは反対の南に向けて歩き出した。

てっきり店に行くものだと思っていた登世は途中でどこへ行くのか問い質《ただ》したが、とにかく主に会ってほしい、ついてきてくれと頼むのみ。登世は迷ったが、与三吉の人柄は温厚で、仕事相手としては父の信頼も厚い。ここで帰れば父の顔も潰《つぶ》すことになるかもしれぬと思い直し、そのまま同道した。

長堀川《ながほりがわ》にかかる心斎橋《しんさいばし》を渡り、島之内に入ると、赤い弁柄格子《べんがらごうし》の家並みがそこここに目立ち、町全体もずいぶんあだっぽい風情となってくる。

長堀と道頓堀、東横堀と西横堀に囲まれたこの一角は、特に芝居小屋の並ぶ道頓堀の両岸を中心として歓楽街となっており、芝居の客や、界隈《かいわい》に住む役者をも当て込んだ料理屋は昼間から賑わい、また奥の通りには私娼《ししょう》たちを抱える遊里が集まって花街を形成していた。商いどころと呼ばれた船場に対し、島之内が粋《いき》どころとも呼ばれたのは、こういうわけである。

与三吉はさらに道頓堀に向かって進み、宗右衛門町《そうえもんちょう》の手前の通りにさしかかった頃だ。四方を囲む黒塀越しに二階の屋根がちらっと覗く、仕舞屋《しもたや》風の建物の戸口で立ち止まった。

「若旦那《わかだん》はこちらでお待ち申し上げとります。わてはここから先はお供できまへんよって、どうか中へ進んどくなはれ」

黒塀の切れ間に設けられた、格子戸の前で向き直る与三吉に、

「ここには入れません」

登世はきっぱりと断った。

与三吉を睨むその顔は微かに赤みがさし、頬は怒りで小さく震えていたが、伏し目の与三吉は微妙に視線をずらしつつ、抵抗する。

「ここまで来てそれは」

「茶屋で待ち合わせるとおっしゃったからついてきたのです」

「茶屋だす。嘘《うそ》はついとりまへん」

茶屋は茶屋でも出合茶屋という。大坂では盆屋《ぼんや》と呼ばれることもあり、いずれにしろ普通の茶屋のように人通りのある表に縁台を置き、座った客に茶菓を供する店とは明らかに性格が異なる。

一般的にこの手の店は、表からの視界を遮る塀を巡らせた建物の二階に、方丈ほどの部屋を設

けてある。簡単な料理などを出す店もあるが、なるべくほかの人間と顔を合わさないで済むよう、利用客は煙草盆《たばこぼん》さえ自分で持って階段を上り下りする。

つまりここは人目を忍ぶ男女が密会し、逢瀬《おうせ》を重ねるための場所なのだ。こういうところに来た経験はなくとも年相応の耳学問として、登世にもそれくらいの知識はあった。

「若旦那に悪気はあらしまへん。ただ、いとはんとどっか落ち着いた場所《とこ》でゆっくり話がしたいとは前々から申しとりまして。そやけど店では奉公人の手前もあるし、寺や神社では人目も多い。案じた末にこういう店なら互いに迷惑をかけることもないんやないかと、決して邪《よこしま》な心からやありまへんのや。とにかく一度、若旦那に会うてやってくれまへんか。それで若旦那もきっと気が済むやろさかい」

「人目の届かない場所で、よく知りもしない殿方と二人きりになれと申されますか。仮にも武士の娘の私に向かって」

踵《きびす》を返そうとする登世に、与三吉は恐らく心底から困った表情を浮かべた。

「弱りましたなあ、それでは依井様は売掛いらん言《ゆ》うて帰らはりましたと、若旦那にお伝えせんならん」

このとき、それでも来た道を戻ればよかったのだ。顚末《てんまつ》を話せば父はきっとわかってくれるだろう。ただ、細工師としての父の暮らしは終わるかもしれないと、登世の心に躊躇《ためら》いが浮かんだ。

三郷で商いをする小間物屋はどこも、本町杣屋の意向を無視できない。それは主久代助の力でなく、彼の背後にいる父親徳兵衛の隠然たる力によるものではあったけれど。

たとえば二十四組《にじゆうしくみ》問屋の行事である徳兵衛がその気になれば、ある店への仕入れの流れを止めることなど造作もないことだ。実際に杣屋の機嫌を損ねて潰されたらしいと噂される店の名も、ちらほら聞いたことがある。

「待て」

平八郎がそこで口を挟んだ。

「与三吉が金を払うと家を訪ねたとき、お父上はいつになく仕事の納期に追われていたと申したな」

「はい」

「その仕事、大本の注文主は杣屋であろう」

「あっ」

登世は口を小さく開き、慌てて気づいたようにその口元を右手で隠した。

「ご賢察」

「腰を折って悪かった。先を聞かせてくれ」

家に入るとすぐ階段があり、上がり口に待ち構えていた無愛想な老婆が、手の動きだけで二階に上がれと指示をした。

階段を上りきるとすぐ目の前になにやら妖《あや》しげな絵の描《か》かれた襖。登世はすぅと胸に息を溜《た》めた後、一気に開けた。

六畳ほどの真ん中で、濃茶の羽織を着た久代助があぐらをかき、口元に盃を運ぼうとしていた

が、登世を見ると一瞬目を丸くして、

「えっ、お登世はん⁉」

言うや否や、ああ、ほんまに来てくれはったんやな、よお来てくれはった、こんなとこまで、ほんまよお来てくれはった、と感謝の言葉を何度も重ねつつ、満面の笑みを浮かべて畳の上をにじり寄ってきた。

「お約束の売掛を払っていただきに参りました」

「わかってる、わかってるさかい、まあ、とにかく座ってえな。突っ立ったままでは話もでけんやないか」

さすがに登世もこの形では非礼かと思い直し、久代助の前に座る。と、彼は折敷《おしき》に置いてあった徳利を摑み、伏せてあった盃を押し付けてきた。

「ともあれ今日は、わしの願いが一つかのうた。その祝いにまず一杯、盃を受けてえな」

「私は父の名代として参りました。名代の用を務めた後は速やかに帰らせていただきます」

「半蔵はんとはいつも、取引の後にこうして一席設けさせてもろてましたんやで。半蔵はんの名代を名乗らはるなら、せめてわしの盃を一献は受けてもらわんと」

登世は自分が立てた理屈によって追い込まれた。久代助は目尻に皺を寄せ、酒で満たした盃を、登世の顔の前で上下に揺らしながら、なおも迫る。

「そういや半蔵はんはあんまりお強い酒ではありまへんな。お侍さんゆうたら鍛練もしてはったやろうし、もっとしゃんとしてはるかと思てましたが、わしと飲む時は盃一杯で真っ赤な顔にならはりましてな。二杯も飲んだらもう横に倒れ込んだまんま、起きもならん。これでほんまにお侍やってはったんかいなと思たくらいで……」

いきなり、登世は久代助の手から盃を奪い取り、くいと一息に飲み干した。

背骨の付け根から熱い流れが、かあっと脳天に向かって膨張する感覚があった。こんな奇妙な飲み口の酒は飲んだ覚えがない。もしかして琉球《りゆうきゆう》の酒だろうか。登世は訝《いぶか》ったが、久代助は手を叩いて喜んだ。

「なんや、いける口やないか。こらえらい失礼を言うてもた。そやけどお父上は二杯で倒れはったさかいな。お登世はんももう、無理に気張りなはんなや」

口ではそんなことを言いながら、久代助は空の盃に再び酒を注《つ》ぐ。登世は彼を睨みつけたまま、その盃も飲み干した。

いきなり久代助が左右に頭を揺らし始めた。いや、揺れているのは自分の頭だろうか。何か腑《ふ》に落ちない。どうもおかしい。

「この酒を二杯も一息にいくとはたいしたもんや。いや、お登世はん、もう一杯飲めたら、わしも兜《かぶと》を脱ぐわ。さっさと商売の話を済ませて今日はそこまでにしようやないか」

三杯目の盃を口に付けたとき、登世の目に映るこの部屋全体が、独楽《こま》のようにぐるぐると回転していた。だが、久代助はこれを飲み干せば売掛の金を払うと約束した。

だったら、これで決めてやる。

登世は最後の酒を喉《のど》に流し込んだ。その盃を逆さにしてぴしっと折敷に押し付けると、

「売……掛……」

それだけ喉から絞り出し、畳の上に倒れ込んだ。と同時に彼女の視界は、黒い幕でも下ろすように上から狭まり始め、やがて完全に闇に鎖《とざ》された。

登世の意識が戻ったとき、最初に感じたのは体の重さだ。何かに押し潰されているような感覚。さらに、自分の下半身に妙な違和感があることに気づく。

静止しているのではなく、もぞもぞと動く気配だが、それが体の内なのか外なのか、どちらで感じていることなのかよくわからない。思い切って目を開けた。

視界一杯に、久代助の暑苦しい顔があった。

すぐに登世は、自分の身にいま何が起きているかを理解した。

赤く塗られた壁に囲まれた部屋で、あられもない姿となった自分に久代助がのしかかっているのだ。

咄嗟《とっさ》に殺そうと思った。しかし、どうしたことか腕が動かない。

腕だけではない。足も、体も、声さえも出ない。口を開けて叫ぼうとするが、口の端から涎《よだれ》が垂れる感触を覚えるだけ。

それでも徐々に聴覚が戻ってきたか、小刻みに動きながら息を吐く、久代助の鼻息が聞こえてきた。まだ腕は動かない。せめて右手だけでも動けば。この頭にさえ届けば。

「ふうぅっ」

久代助がひときわ大きな息を吐き、動きを止めた。下腹部に微かな温《ぬる》みを覚えた。

久代助は世にも醜い笑みを浮かべると登世から離れ、立ち上がって下帯を締め始めた。いつの間にか、部屋は二倍の広さになっていた。何のことはない。最初、入った部屋の隣にもう一部屋、あらかじめ布団を敷いた部屋が用意されていただけだ。

羽織に袖を通した久代助は部屋を出る前に何か声をかけたようだが、もうその言葉も内容も、登世の耳には入っていなかった。ただ、出がけに顔のすぐ横へ、銀子をばらまかれたことは覚えている。後で数えてみればそれは売掛の代金に加えて、豆板銀《まめいたぎん》が若干上乗せされていた。

「しびれ薬を使われたか」

一通り聞き終えた平八郎は、腕組みしたまま言った。

「そのようなものが?」

「ある。近頃は南蛮渡来の様々な薬が、この大坂に入り込んでいる。多くは医術に使うためのものだというが、杣屋ならその手の薬を手に入れる術《すべ》はいくらもあろうよ」

「私の体が動くようになったのは、それから小半時（約三十分）も後のことにございました。茶屋を出てすぐ私は本町杣屋に向かい、店先から久代助が置いていった銀子を投げ入れましたが」

「その場で押し入らなかったのは賢明だった」

「久代助が用心棒を雇っていることは知っておりましたし」登世は目を伏せ、苦笑に見せて端整な顔を少し歪《ゆが》めた。「仮に久代助と二人きりになれたとしても、そこであの男を殺せば世間はどんな評判を立てましょう。事情を知りもしない連中が、声高に汚い噂を煽《あお》り立てることをこの町の人々は好みます。本懐を遂げた私はどのような仕儀になっても構いませんが、残された父が謂《いわ》れ無い噂でどれほど傷つくかを思うと」

「それで番屋に飛び込んだというわけだな」

「お願いでございます。ぜひとも私の訴えをお聞き届けになり、久代助に正しき裁きが下されるよう、お力添えくださいませ」


哀れな。

そんな思いが、平八郎の中に芽を吹いた。

見るからに聡明《そうめい》で意志も強く、望めばどんな人生も自分の手で切り開いていけそうな。そんな女が久代助のような男と関わったばかりに、己の身中を怒りと憎悪で滾《たぎ》らせている。野良犬にでも噛まれたつもりで、つまらぬことに思いを致すなという類《たぐい》の慰めは、もはや逆効果しかもたらさないだろう。

「裁きで罪状を得たところで、死罪にはなるまい。せいぜい所払いか、重く見ても重追放がいいところだ」

江戸の刑法は八代将軍吉宗《よしむね》の時、公事方御定書《くじかたおさだめがき》として明文化された。これには様々な罪に対する処罰の規定もあり、当然不義や密通に対する刑も定められている。ただしこれは幕府の公文書であり、町人の目に触れるものではない。

「たとえばおまえさんが誰かの女房で、別の男に無理矢理手籠めにされたというならその男は死罪。もし女房も同意の上での不義なら男女ともに死罪。しかし、独り身の娘を手籠めにしただけなら、せいぜい男は重追放」

つまり女房は亭主の持ち物って扱いなんだろう、と平八郎は付け加えた。

「御定法でそのように定められているのであれば」

登世は目を伏せたまま答えた。本当は悔しいに違いない。だが。

「なるほど。仕置の軽重を問うより久代助の罪を明らかにすることで、己《おの》が一分を立てようとの意か」

「恐れ入ります」

「わかった」

腕をほどき、平八郎は頷いた。

普通の女なら身の恥になりそうな話は一生隠して生きていきそうなものだ。が、この女はそれを他人に曝《さら》してでも、相手に正当な裁きが行われることを要求している。もしここで自分が拒めば、恐らく彼女はいよいよ自分で久代助を殺しに行くだろう。

「おまえさんの訴え、俺が受けてやる」

「まことですか」

登世の顔に光が差した。

「ああ。だがいまこれからってわけにはいかん」

「わかっております。大塩様がそう約束していただけるなら、私は信じて待ちます」

「昨日の今日ってこともあるし、俺がおまえさんの訴えで再度吟味にかかる準備をすれば、奴らはおまえさんの方にも何か仕掛けてくるかもしれねえ」

「家には父もおります。落魄《らくはく》したとはいえ父も武士の魂は失っておりません。ご安心ください」

「まあ、そうなんだろうが」

これほどの娘を育てた父親がいったいどんな武士なのか、いらぬ好奇心も湧いたのだが、それはこの際、関係ない。

「何か進展があれば直に連絡する。だがこの数日は、身辺に用心するように」

「お心遣い、痛み入ります」

一礼して頭を上げるたび、登世の表情から一本ずつ棘《とげ》が抜けていく様子がわかる。この屋敷に入る前と比べれば、目の前の女はこれほど美しかったかと、思わず見直すほどであった。

「一つ、聞かせてもらっていいか」

「なんでございましょう」

「先ほどの話で、おまえさんが久代助を殺そうと思ったときのことだ。頭に手が届けばなぞと言ってたが、あれぁどういう意味だ」

「ああ、それは」

登世は無防備な照れ笑いを浮かべ、右手を頭の後ろに回し、髷から一本の笄を抜き取った。

黄土色をした鼈甲細工で長さは六、七寸。彼女はそれを顔の前にあげ、両手で左右の端を握ると、すっと左手だけ動かした。すると笄の中に仕込まれた四寸（約一二センチ）ほどの両刃の短剣が現われた。

「父の細工です。万が一よからぬことが起これば、これで身を処せと渡されました。結局、使う機会は逸しましたが」

さすがに平八郎も啞然《あぜん》とするばかりで、すぐには言葉を返せなかった。

「この細身でも相手の首筋か胸に一突き打ち込むだけなら造作はありません。それがかなわぬときは、己の胸に突き立てればよいだけなのです」

淡々と説明をする登世は最後に、これでも武士の娘ですからと付け足すことは忘れなかった。

七

三郷の南東の縁から上町台地に向かう一帯は、四天王寺《してんのうじ》や生玉宮《いくたまぐう》など有名寺社を中心とした寺町が広がっている。八丁目寺町《はっちょうめてらまち》は城の追手口《おうてぐち》から、上本町《うえほんまち》筋を南下して達する四天王寺との中間あたりに位置していた。

この通りに面した寺町の裏手に、気がつかねば通り過ぎてしまいそうな佇《たたず》まいの、小さな庵《いおり》がある。極めて稀《まれ》に老いた庵主《あんじゅ》の姿を見かけることもあるそうだが、そのほかは訪れる人とてなく、この近くの住人ですら、この庵の由来を気に留める者はいない。

それゆえこのみすぼらしい庵が月に一度、六人の客を迎えて茶会を催すことも、当の客以外に知られることは一切なかった。

その客たちの見目《みめ》といえば、年の頃は六十代から三十代までとばらばらだが、誰もが人品卑しからざる裕福な出立《いでた》ちの旦那衆といった趣で、実のところ三郷でその名を出せば、たいてい知らぬ者はない大店《おおだな》の主がその正体である。

ただしこの庵の中で店の屋号を直に呼ぶことは法度《はっと》であった。元来は互いの店の規模や来歴で序列を作らぬようにとの思惑でもあったろうか、客たちは互いの名前を恐らくはこの催しが始まった当初から、それぞれの家紋で呼び合う慣わしだった。

この寄合が花撰《かせん》の会と呼ばれた理由は、客の家紋が草花に由来したことに尽きる。集まる人数は事故や急死など不測の事態で欠けない限り、基本的に六人。そのため花撰の客を称して六花撰とも呼ぶ。

もっとも、この会は徹底した秘密主義を貫き、当の客自身も自分がそうだと他人に明かすことは決してなかったため、一般の町人はもちろん、商人の仲間内でさえ花撰の名を知る人間はほとんどおらず、あるいは聞いたことがあっても、眉唾物《まゆつばもの》の噂話として一笑に付されることも多かった。

ただ、その存在を信じる人間も信じない人間も、いずれにせよ花撰とは、古い付き合いの老舗《しにせ》同士が、変わらぬ親睦《しんぼく》を深める趣意で集まる会だという程度の認識であった。

杣屋徳兵衛は違った。

彼は商いを広げる過程で花撰の噂を聞いて興味を持ち、慎重に調べを積み上げることでその噂が真実であるだけでなく、単なる老舗の親睦会などではないと確信した。

そこで彼は時間をかけて六花撰の一人を特定し、得意の人たらしでその人物に取り入ると、じっくりと信頼関係を作っていった。その人物とは堂島《どうじま》でも一、二を争う米問屋の主、鳥羽屋《とばや》茂兵衛《もへえ》である。

茂兵衛はいかにも育ちの良い大店の跡取りでおよそ人を疑うことを知らず、徳兵衛と意気投合した彼は、義兄弟の契りを結ぶような真似までした。もちろん、これはすべて徳兵衛がそう仕向けていったのだが。

その上で徳兵衛は、丸に井桁《いげた》という杣屋の家紋を、鳥羽屋と同じ片喰《かたばみ》にしたいと言い出した。さすがにこの申し出には茂兵衛も驚いたが、徳兵衛は兄弟としての絆《きずな》をより確かに感じたいなどと言葉巧みに誘導し、鳥羽屋の片喰を一部もらう形で、井桁に片喰という家紋に変えることに成功した。これはあらかじめ茂兵衛から、花撰の会に名を連ねる者は、すべて草花由来の家紋を持つことが最低の条件だと聞いていたからだ。

ただ、さすがにお人好《ひとよ》しの茂兵衛も、花撰の会が大坂城に対し、どれほどの力を持っているか、具体的な話はいっさい漏らさなかった。それでも茂兵衛が木を買えと言えば、直後に大がかりな公儀橋改修工事の発表が行われ、茂兵衛が大量に米を買い入れるとその直後に米相場が暴騰した。徳兵衛はその裏に、必ず花撰の会の意向が働いていることを疑わなかったが、決して焦らず、ひたすら茂兵衛との交友を深めて十年が過ぎた。

だから不慮の死を遂げた茂兵衛の後継として、徳兵衛に花撰の会への誘いがもたらされたことは偶然でも幸運でもない。すべては徳兵衛が計算したとおりに、ことが運んだだけなのだ。それには大きな満足を覚えている。

いましも徳兵衛は、四方を板の仕切りで囲み、小窓にもすだれのついた宝泉寺《ほうせんじ》駕籠《かご》を降り立った。客は必ずこの駕籠を用い、一見廃寺と見紛《みまが》うこの小さな寺の前に降りることになっている。

幅一間足らずの山門をくぐると庫裏《くり》には声もかけず、境内裏手に向かう。卒塔婆《そとば》の乱立する墓場を抜け、寺の土塀に設けられた潜り戸から隣の庵に直に行き来するのも、この寄合の重要な決まり事の一つだ。

方丈ばかりの広さの部屋には、四人の先客がすでに並んで座っていた。それを見た瞬間、徳兵衛の胸に店を出る前から感じていた嫌な気配が、さらに膨れあがった。

そもそも今月の例会は、すでに六日に終えている。もちろん突発的に対応すべき事態が起きた時など、臨時に寄り集まることもあるが、そんな場合でも普通は前日までに、総代から案内状が回されてくるのが通例だ。

特に今月は、半ばから後半にかけて祭が集中している。ここに集まる仲間はすべてそれなりの町役も兼ねているので、普段の日に倍して煩瑣《はんさ》な仕事に忙殺されることになる。そんな折、常ならぬ会の召集は今月にはなるべく避けようと、先日の例会で申し合わせたばかりのはずだった。

それなのに、しかも明後日は最も賑わう天神祭《てんじんまつり》というこの時期に、当日の四つ時（午前十時頃）にいきなり呼び出しを受け、ほとんど一時《いっとき》（約二時間）の間を置かずこの庵に乗り付けることになるとは、この茶会に参加して六年になる徳兵衛も初めて経験する事態である。

よほどのことが起きたのだろうとは想像したが、まさかその矛先が自分に向けられているとは思ってもいなかった。だが、自分より先に集まっていた四人が自分と合わせた目つきを見れば、そう考えざるを得ない。

「皆さん、お集まりやろか」

徳兵衛が末席につくのを見計らったように、やわらかい声をかけて部屋に入ってきたのは、濃い渋紙《しぶかみ》色の小袖に白羽織を羽織った四十がらみの男。鼻筋が通り、目は切れ長で役者にしたいようないい男だが、その若さに似ず頭髪がどういうわけか真っ白で、どちらかといえば銀色に輝いて見えるところが異彩を放っている。

彼がこの会の世話役、総代を務める白戸屋惣十郎《しらとやそうじゅうろう》。羽織の三つ紋は桔梗《ききょう》が染め抜かれ、三郷どころか日本随一とも噂される両替商の主であるとは、ここの客には当然知られていたことであった。

「片喰屋《かたばみや》さん、すまんことでしたな。お忙しいやろにいきなり呼び立てるような真似してしもて」

「いや、総代からのお呼びなら、いついかなるときやろうと参じますが、こないに急な呼び立ては初めてでっさかい、いったい何が起きたんやろと、そのことばかりで気が急《せ》いて」

床の間を背に亭主の席につくと、惣十郎はまず徳兵衛に声をかけた。今日はいかにも臨時の会合で、茶湯の準備もない。徳兵衛の返事を聞いて惣十郎は一同を改めて見直した。

「無理を言《ゆ》うてお集まりいただいたのはほかでもあらしまへん」

惣十郎はそこで言葉を切り、全員の視線が自分に向けられたことを確かめて、続けた。

「奉行所と、私らの関わりを探っとる者がおります」

短く、全員が息を呑む間合い。そして、

「桔梗屋さん、それはいったい、どういう」

徳兵衛の二つ隣の席で、梅屋《うめや》が聞き返した。声が荒れているのは、連夜の祭の宴会のせいだろう。

「片喰屋さん。なんぞ、心当たりはおまへんか」

「え？」

いきなり惣十郎に問われて徳兵衛は悟った。やはりこれは、自分が狙い撃ちにされている。頭の中に必死で思いを巡らせる。だが考えられるとすれば……あれか。

「そや。あんたとこの久代助はん。昨日、松屋町へ連れてかれたそうでんな」

「それは息子のしでかした不始末ゆえのことで。けど、その話はとうに和談が済んでたのを、奉行所でなんや行違いがありましてな。まあ、すぐ疑いも晴れて、昼過ぎには店の方へ戻《も》んできよりましたけど」

「なんぞ、おかしいとは思わはらしませんでしたか」

「おかしい？」

「わしは息子を引っ張っていった東町の大塩平八郎に若干の面識があるが」客席の上手に座る、最も年嵩《としかさ》の藤屋《ふじや》が口を開いた。「満を持してお縄にした相手をすぐ解き放つような、そんな柔《やわ》な奴やないで、あれは。たとえ奉行になんぞ言われたとしてもな」

「片喰屋さん、息子が縄を打たれたと聞いて、どうしはった？」

惣十郎は感情の抑揚を一切見せず、さらに問い詰める。

「どうしはった……て、とにかくどういうことか調べなあかん思うて、奉行所の伝手《つて》を」

「伝手を頼らはったんですな。報せが来てすぐに」

「へ、へえ」

徳兵衛には、まだ惣十郎が自分から何を聞き出したいのか把握しかねている。だが惣十郎は、

「なるほど。その後をつけられたか」

と、呟く。

「え？」

「あんた、張られてましたな。今朝方、その大塩たらいう与力が屋敷の前に現われたいうて、弓削様が報せてきはりました」

「なんやて⁉」

「弓削様はあんただけの伝手やあらしません。あのお方を諸御用調役にまでするのに、どれほどの手間と金がかかったことか」

「いや、私は自分だけのあれやなんて、そんなことは」

「ときに、あんたは大増屋さんの土地を手に入れようとしてはるそうやが」

「え、ああ、それはちょっと、今度お話ししようかと……」

「商いを広げてますます御店《おたな》が栄える、それそのものは目出度《めでた》いことや。せいぜい気張らはったらよろし。ただ、その土地を手に入れるためにも、弓削様を使わはりましたな」

惣十郎の声は、この部屋に入ってきた当初からまったく変わらず、ただ耳に心地よい柔らかな響きを伴っているが、それだけに徳兵衛は文字通り、真綿で首を絞められながら追い込まれていく感覚に陥り始めていた。

「あんたはこの会の中では新参や。そやから諸々《もろもろ》大目に見てきたこともあります。それでもな、あれはあきまへん」

「西町に訴え出たことですやろか」

惣十郎はそこで一瞬、切れ長の目を細めた。

「大増屋さんの前で、奉行所の中に金をまいてるようなこと、言わはったとか」

胆力には自信のある徳兵衛だが、これはぞっとした。

あのとき彼は、公儀への訴えすら我が意のままになると見せつけた上で、大増屋助太夫にはとどめの一言を告げたつもりだった。それでどう抵抗しても無駄と諦めて、おとなしくあの空地を譲ってくれていれば、八方丸く収まったのだ。

無論その会話は大増屋の、人払いもした座敷の中で、しかも徳兵衛は助太夫の耳元で本人にしか聞こえぬよう囁《ささや》いた。いったいそれを誰が聞いていたというのか。

「桔梗屋さん、なんでそれを」

「それが回り回って、捨訴に繋がったんちゃいますか」

「捨訴のこともご存じで」

「この席に初めてお招きした折に言いましたやろ。私の耳はどこにでもある。たとえ奉行所の中やろうと、あるいはお宅の店の帳場やろうと」

惣十郎は初めて、薄い笑みを見せた。

「たまたまなのか、ほかになんぞあるのかは知りませんが、大増屋は一家まるごとあないな次第になってしもた。とりあえず大増屋から私らのことが表に出る懸念はもうあらしません。そやけど」

目の奥に残っていた穏やかな気配が消え、惣十郎は徳兵衛を見据えた。

「大増屋の捨訴が燃やされることもなく、一番渡ったらあかん男の手に渡ったのかもしれんと思うと、なかなか枕《まくら》も高《たこ》うできまへんな」

「私があんじょうします」

徳兵衛は両手をつき、頭を下げた。

「私は昨夜、大塩に会いました。あれはまだ肝心なことには何も気づいとらん様子です。いまのうちなら、あの男さえ何とかすれば」

「もちろん、あんじょうしてもらいます」

惣十郎の声が、一回り大きく響いた。

「あんたは花撰の仲間になることを望み、私も鳥羽屋さんとの長い付き合いもあるさかい、あんたならええやろと認めた責がある。そやから今度に限り、機会をあげます。その大塩は端《はな》からあんたを狙《ねろ》とったんや。自分で何とかしなはれ。あんたが引っ張られたら、こっちの花の根が掘り出されるかもしれん。万一そないなことになったら」

ここで惣十郎は声を落とし、付け加えた。

「遠慮のう、枝を切り落としますさかい」

惣十郎は会の終わりを宣言して立ち上がり、さっさと部屋を出て行った。続いてほかの四人も庵を後にしたが、徳兵衛は最後まで残り、じっと畳を睨みつけていた。

登世の話を聞き終えた平八郎は奉行所に出仕がてら、船場方面に帰る彼女を送って途中まで同道することにした。

大川に沿って南にしばらく歩くと、やがて天満橋の巨大な橋脚が見えてくる。橋は大川の上で緩やかな曲線を描き、その頂部から眺める景色は川面に照り返された陽光の燦《きら》めきを受け、眼前に迫る大坂城の櫓《やぐら》と城壁、そのまま南に視界を転じれば見霽《みはる》かす三郷の町並、さらに河内《かわち》の山並も望見されて、まさしく絶景といえた。

だが今日は朝からの薄曇りで、川面に光はなく、河内の山々も白い霞《かすみ》に包まれてぼんやりとしか見えない。

「俺はここから見る景色が好きでな」

橋の中央で足を止めると平八郎は顎を上げ、軽く胸を張った。三歩うしろを歩いていた登世も立ち止まり、平八郎を見上げる。彼は南の方角を見遣《みや》ったまま、

「正直言えば、この町は気に入らないことだらけだが、この橋のここから見える景色だけは気に入っている。こんな曇った空でも曇ったなりの風情があることを、俺はここで知った」

登世は意外そうに目を丸くした。

「この町がお嫌いですか」

「お世辞にも好きだとは言えねえな」

「ではなぜ……大塩様はご自分が好きでもない町のために働いておられるのですか」

「それが俺の務めだからだ。好きや嫌いはこの際、関係ねえ」

山並に目をやったままで平八郎は即答した。それに何の不思議があるといった、迷いのない声色だった。

「俺は年若《としわか》の頃に両親《ふたおや》を亡くした。それ以来、自分は何で生まれてきたのか、何のために生きていくのか、ずっと考えてきた」

平八郎は少年時代の孤独に背中を触られた気がして、わずかに唇を歪めた。

「本来ならばそういうことは親が、おいおい自分の背中を見せながら教えてくれる類のことかもしれん。俺は祖父《じい》さんに引き取られたあとも、剣術の修行に打ち込んだり、学問に熱を入れてみたが、なかなかその答えは得られなかった。だが与力だった祖父さんの跡を継いで見習与力になったとき、ふと気づいたのよ。これが俺の務めだったのかと。この町を守り、この町を害そうとするものと戦うことがな」

「運命《さだめ》……ということでしょうか」

「そういう言葉でも、構わない」

「私は、運命は人を縛るものだと思っていました」

「違う」

登世を振り向き、平八郎は続けた。自分でも意外だったが、さっき会ったばかりなのにこの女を相手にすると、なぜか言葉が身体《からだ》の内側から溢《あふ》れてきた。

「これを運命と呼ぶなら、むしろ運命は人を解き放つものだ。与力という務めに出会うまで、生きる意味を問い続けていた俺はよほどそのことに縛られていた。運命は受け入れるものではない。

己で見つけるものだ。いまはそう思う」

なんと明解な男なんだろう。

登世は何か眩《まぶ》しいものを見る思いで平八郎を見上げた。ただしそれは、登世にとって全面的な肯定を意味した視線ではない。

明解であることは、曖昧《あいまい》さを許さないということだ。世の中は白か黒か、正か邪かだけで割り切れると思っている。良く言えば無垢《むく》、悪く言えば子どもだ。世の中は決して割り切れることばかりではないというのに、己の正義にこだわって、自分の周りをも巻き込む傷を受けるようなことにならないだろうか。

こんな人間を登世はほかにも知っていたような気がして、思い出した。

ああ、この人は少し、父に似ているのかもしれない。


「親父、素うどんを頼む」

屋台を覗き込んだ平八郎が声をかけると、裏手でしゃがみこみ、煙草を喫《の》んでいた喜兵衛は渋面をあげた。

「だからたまにはしっぽくでも喰《く》えって」

「うどんだけで上等だ」

腰を上げた喜兵衛は何やらぶつぶつ呟き、うどん玉を鍋《なべ》の中に落とし込んだ。

「これから御出仕とはええ御身分や」

「定町廻《じょうまちまわ》りには奉行所に行く前に寄るところもあるのさ」

「へん。朝まで女に付き合うてどこまで行っとったことやしらんが」

「どういう意味だ」

喜兵衛はうどんを湯がきながら、顎で屋台の裏を示した。

「ここは頭の上に天満橋がかかっとるんやぞ。最前は何やらきれいどこと、橋の真ん中で話し込んどったようやが」

「ああ」

登世とは橋の南詰で別れた。再び久代助捕縛の段取りが整うまで、登世を奉行所に近づけるつもりはなかった。

だが普段、女と歩く姿など目撃されたことのない自分が女連れで歩けば、かえって目立ってしまったかもしれない。いろいろ、しくじってしまったと溜息をつき、喜兵衛が出したうどんに箸を付けた。

「わけありの女をちょっと励ましてみたかったんだが、慣れないことはするもんじゃねえな」

「おじちゃん、字ぃ教えてぇな」

いつの間にか足下に鶴吉《つるきち》が立ち、平八郎の袴《はかま》を引っ張っている。

「鶴吉、あっち行っとき」

「まだ構わねえよ。それがおまえの手習いか」

喜兵衛を制して手を伸ばすと、鶴吉は懐に突っ込んでいた切紙の束をつかみ出して、開いてみせた。いろはの仮名文字らしい、ひよひよした曲線が、一面に書き連ねられていた。

「へたくそめ。何を書いてるかわからねえよ、これじゃ」

ぺらぺらとめくると、もう少ししっかりした筆跡で、いろは四十七文字を書き並べた紙が出てきた。明らかに鶴吉の字ではない。

「おや、こっちはやけに字がしっかりしていやがる」

「それはこの子に字を教えてくれてた、和三郎《わさぶろう》の字や」

横から喜兵衛が口を挟んだ。

「和三郎？」

「大増屋の旦那の子やが。鶴吉を弟みたいに可愛《かわい》がってくれてたんや」

「ああ……それじゃ」

喜兵衛は口をつぐんで顔を背けた。先日大増屋が襲われた際、巻き添えになった子どもだ。

「おじちゃん、見てみ。己《うら》はもう漢字かて書けるんやで」

さらに紙をめくると漢字の「候」の文字だけをでかでかと書いた紙が現われた。

「おまえ、まず仮名がちゃんと書けるようになってから漢字をやれよ。だいたいその字は矢の上に線が突き出ているぞ」

書き間違いを指摘すると、鶴吉はぷうっと頬を膨らませた。

「そやかて、和っちゃんの手本通りやったんやもん」

そのまま川辺の方にぷいと走り去る。平八郎が呼び止める間もなかった。

「まったく。子どもは苦手だ」

「鶴吉の方は案外あんたが気に入ってるんかもな」

「よせやい。たいていの子どもは俺の顔を見ただけで泣くんだ」

「わしのうどんは、そろそろ納め時や」

喜兵衛の口調にやや改まった色が加わり、平八郎は丼《どんぶり》から顔を上げた。

「どういう意味だ」

「月内に枡屋《ますや》町《まち》を出て行くことになった。ここでの商売も、もう二、三日のことやろ」

それが何を意味するか、平八郎も理解した。

「大増屋の土地を、杣屋が手に入れたのか」

「正式な証文はまだ取り交わしてないらしいが、奉行所の御墨付をもろてるんやさかい、誰も文句は言えん。もうあそこはすっかりうちの土地や言《ゆ》うて、杣屋の若い衆やらが来て囲いを作り始めとる。それに混じってやくざもちらちら顔を見せとるさかい、残ってたらそれこそ何をされるかわからん。もう半分以上の住人がわずかな伝手を頼って家を捨てたが、みんな泣きながら挨拶に来よったわ。行きたい場所に行く奴なんか一人もおらへんさかいな」

「あんたは、行くあてはあるのか」

喜兵衛は目尻に皺を寄せて笑みを浮かべた。何か、痛みを堪えている表情にも似ていた。

「まあ、わし一人なら橋の下でも川辺でも、雨露しのいで何とか死ぬまで生きてみるが、心残りはあの鶴吉よ」

喜兵衛は川辺に視線をやり、平八郎に顔を戻した。

「大塩はん、あの子を何とかしてくれんか」

「何とかとは」

「あれは六年前の火事で親ともはぐれよったが、見てわかるとおりの利発さで、案外目端《めはし》が利く。わしみたいなもんについてきてもいずれ一緒に野垂れ死ぬしかない。と言うて、一人で身過ぎ世過ぎのできる年でもないやろ。あいつにはまだ守ってやる人間が要《い》るんや」

平八郎は一呼吸置いて、答えた。

「わかった。おまえが本当にここでうどんを売れなくなったら、身の振り方は俺が考えよう」

「ありがたい。恩に着る」

そう言って喜兵衛は平八郎の丼に油揚げを一つ載せようとしたが、平八郎はその手をはたいて払いのけた。


喜兵衛のうどんで腹を満たした平八郎は奉行所に出仕し、組頭の大町休次郎に簡単な報告を済ませると、すぐまた奉行所を出て島之内に向かった。登世の話に聞いた出合茶屋を探すためである。

その店はたいした苦労もなく見つかった。登世が正直に、実に的確に周りの情景を説明してくれたおかげだ。店番の老婆は平八郎の十手を見て、仕方なさそうに久代助がこの店をよく利用していることを認めた。さらに登世のこともしっかりと覚えていたため、これで少なくとも登世の側からの証言は、裏を固めることができた。

平八郎が再び奉行所に戻ったのは七つ（午後四時頃）前。早くから出ている者ならそろそろ帰り始める頃だ。当番与力の詰める部屋にはほとんど人が残っていなかった。

そこで平八郎が日誌を書き始めて間もなく、組頭の大町休次郎が顔を出した。

「おお、平八郎。おまえの戻りを待っとった」

「私の……ですか？」

「そや。これから俺と来てほしい」

「いまはまだ、今日の報告を書いている最中ですが」

「あとでええ。とにかく一緒に来てくれ」

休次郎の様子も、なにやら切羽詰まっていたが、その理由はすぐにわかった。

「いったいどこへ来いと？」

「先ほどから、御奉行がお待ちかねなのだ」

そう言われては平八郎も、腰を上げざるを得なかった。

八

当番与力の詰所を出て廊下を奥に向かうと、奉行の役宅を兼ねた区域に入る。その境目となるのが突き当たりの弓の間だ。

この部屋は奉行から直接の指示を受けたり、奉行に報告を行うときなど、与力同心も普通に出入りするが、ここから左は奉行の家族も生活する場所、つまり奥向《おくむき》に繋《つな》がっている。

休次郎《きゅうじろう》は弓の間の手前で用人《ようにん》部屋に声を掛けた。ここには四六時中、常に誰《だれ》かが詰めていて、奉行との連絡を取り持っている。

平八郎《へいはちろう》を連れて来たことを告げ、そのまま弓の間に入って待つことしばし。左方の襖《ふすま》がすっと開く気配がして休次郎は平伏し、その後方に座る平八郎もそれにならった。

「大塩《おおしお》平八郎を連れて参りました」

東町《ひがしまち》奉行彦坂和泉守紹芳《ひこさかいずみのかみつぐよし》はせかせかと入ってくると、上座にばたんと腰を下ろし、

「平八郎、おまえを呼んだのは余の儀にあらず」

と、やや甲高い声をあげ、瞳《ひとみ》も見えぬほど細い目を平八郎に向けた。

「先日、六道丸《ろくどうまる》が三郷《さんごう》に現われたことは耳にしておろう」

「相生橋《あいおいばし》の大増屋《おおますや》。一家四人、奉公人四人が悉《ことごと》く殺され、蔵は空にされたと聞き及んでおります。

邸内に残された筆文字から六道丸の仕業であろうと」

「まことに人を食った話よ」

紹芳は不快さを滲《にじ》ませた声で呟《つぶや》いた。

六道丸が最初に三郷に現われたのは六年前。堂島《どうじま》で米問屋を営む鳥羽屋《とばや》が襲われた事件がそれだ。

このときは屋敷にいた家族を含む店の関係者、十二人が惨殺された。もともと武士の少ない大坂で、大店《おおだな》が競うように用心棒役の浪人を雇い始めたのは、この事件が契機となっている。かつて見たことのない凶悪な盗賊団が、現われた直後から六道丸の名で知られるようになったのは理由があった。鳥羽屋の主人夫婦が殺された部屋の襖《ふすま》に、彼らの血で書いたと覚しき「六道活殺」の文字が、滴る血の痕《あと》も黒々と、無造作に書き殴られていたのだ。

紹芳の不快感は、この賊の悪趣味に向けられたものである。

「活《い》かすも殺すも己の気儘《きまま》とでも言いたいのか。この六道という男は」

「六道がどういう男か、いや、そもそも男かどうかさえ、定かではありません」

「平八郎。まだ御奉行の話が終わっておらぬ」

奉行の言葉に素直に同意しない平八郎を休次郎がすかさず叱責《しっせき》したが、そんなことに構う平八郎ではない。

「なにしろ襲われた家では老若男女問わず殺され、六道丸や一味の姿を目の当たりにした者がおりませぬ。この連中に関して言えば、我々はまだ何も手がかりを持っておらぬと同様かと」

「その通りだ」紹芳はあっさり認めた。「もしおまえが六道丸を捕縛せんと欲すれば、まず何とする」

「私が、ですか」

平八郎は、視線を自分の膝《ひざ》の先に落とした。この数日、杣屋《そまや》徳兵衛《とくべえ》の動きばかり追っていたが、与力として六道丸に興味がないわけではなかった。ただし海賊や盗賊の追跡は、定町廻《じょうまちまわ》りの平八郎がいま関《かか》わる話ではない。

「私なら、六道丸一味はまだ三郷に潜《ひそ》んでいると考えるでしょう」

半分は鉉之助《げんのすけ》の推測に乗った形だが、紹芳の目の奥に、瞳が動く気配を感じた。

「あれほどの悪事を働きながら、なお市内に留《とど》まっておると申すか」

「六道丸を海賊と考えることは私も異存ありません」

六道丸を海賊だと断じたのは、六年前に東町奉行職を務めていた紹芳の前任者、平賀《ひらが》貞愛《さだえ》である。彼は大坂に来る前に長崎《ながさき》奉行の経験があり、海を荒らし回る連中の習性には詳しかった。常に海の上という死と隣り合わせの世界に生きる海賊は、概《おおむ》ね陸の盗賊より苛烈《かれつ》というのが貞愛の考えで、現場の報告を聞いた彼は、これはどこかに母船《おやぶね》があり、堀を利用して小型の船で屋敷に近づいたのだと看破した。

ただし大坂の河口に碇泊《ていはく》する膨大な数の商船をすべて検《あらた》めることなど、時間的にも人員的にも無理な話。結局、鳥羽屋を襲った一味はすぐ母船に戻り、海に逃げ去ったのだとして、その事件の吟味は終わった。

この三年後、六道丸の仕業と覚しき次の事件が起きた。北船場の小間物屋が襲われたのだ。ここでも主一家と使用人が惨殺されたが、目撃者はなく一味は霞《かすみ》のように消えたため、鳥羽屋の事件と同じ顚末《てんまつ》を辿《たど》った。

「続けよ」

紹芳は平八郎を促した。

「彼らが商船にでも偽装した母船を持っていれば、稼ぎを終えたあと母船に戻り、そのまま出港すればいい。ただ、海に出る前には船番所で形ばかりの検めが入ることもあります。少しでも危険を避けたければ、大増屋の一件の直後で気を張っている船番所の前を通るより、数日待てば番所の警戒もざるも同然になる、そのときを狙《ねら》えばいい」

「それは……」休次郎も思い当たった。「天神祭《てんじんまつり》のことを言うとるのか⁉」

平八郎は紹芳から視線を逸《そ》らさず、

「天神祭の当日は船渡御《ふなとぎょ》が行われ、百艘《そう》からの船が大川《おおかわ》を行き来する。このとき、川の分流地に置かれた船番所がすべての船を検めようとすれば、たちまち川の行き来が滞るため、実のところ、この日の船検めはほとんどなされない」

「祭は明後日。それまで賊は三郷に留まり、脱《ぬ》ける機会を窺うておると言うのだな。だが、奴《やっ》らが船に籠《こも》り続けたまま、船渡御が始まってから川を下りていけば何とする。それまでに奴らの船を見つける方法などないだろう」

「ああいう連中がおとなしく船に引きこもっているなぞ、それこそ至難の極み」

「なに」

奉行は防犯の専門家とは限らない。基本的に彼らは幕府の人事によって全国の任地、役職を移動させられる将棋の駒《こま》のようなものだからだ。

新たに着任した奉行が心掛けることはただ一つ。在任中に大きなしくじりをしないこと。しくじれば出世の道筋から外される。しかし何もしなければ、無能の烙印《らくいん》を押されてやはり上には行けなくなる。

彦坂和泉守紹芳は四年前に東町奉行として着任したが、どちらかといえば有職故実《ゆうそくこじつ》に通じて事務的な仕事を得意とし、犯罪の取締や荒っぽい捕物にはほとんど興味を示さなかった。そのためか、いまだに犯罪者の心理や行動には理解の疎いところがある。

「平気で人を殺すような連中が捕まるのを恐れ、穴蔵のような船倉で何日も息を潜《ひそ》めていられるか。いえ、むしろ人を殺した後の火照った体を、酒や女で存分に鎮めたいと願うはず。まして一味は、自分の正体がばれていないと知っている」

「では賊は島之内《しまのうち》や道頓堀《どうとんぼり》を堂々と歩いておるのか。摑《つか》んだ金をばらまきながら」

「あまりに目立つことは避けましょうな。三郷の歓楽地には我らの目となり耳となる者も、そこかしこにおります。なれどももし私が賊を追うなら、奴らが気を緩めて立ち寄る場所の当たりをつけ、そこを徹底的に探ります。賊と直に当れずとも、足跡くらい残しておれば、案外そんなきっかけで奴らの次の動きをつかめるやもしれません」

「あるのか。そのような場所が」

「蛇《じゃ》の道は蛇《へび》と申します。蛇に聞けばよいかと」

「ふむう」

表情の読みにくい男だが、紹芳は平八郎の答えに満足したようだった。

「あいわかった。では大塩平八郎、其《そ》の方《ほう》に本日ただいまより、盗賊吟味方を加役する」

「は？」

平八郎は一瞬、紹芳が何を言いだしたのかと見返し、そのあと休次郎とまで顔を見合わせてしまった。

「無論、六道丸一味の捕縛を第一義としてのことじゃ。人も道具もおまえの望むように融通するゆえ、必ず奴らを引っ捕らえよ」

「御奉行、それは……」

「よいな。屹度《きっと》申し付けたぞ」

紹芳が部屋を出て行くと、あとには狐《きつね》につままれた風情の平八郎と休次郎の二人が、残された。

「大町《おおまち》さん、知っていたのか」

「いや、知らん。御奉行には八つ（午後二時頃《ごろ》）過ぎに呼ばれて、おまえはどうしてるか聞かれたばかりや。そらまあ、六道丸捕縛の見通しが立たず、奉行所への風当たりも強まっとるさかい、御奉行としても何かやってる様子を見せるために奇策でもかましたろと思たんかもしれんけど、奇策に過ぎるっちゅうのよ」

大町はうらめしげな目で平八郎に一瞥《いちべつ》をくれると、先に部屋を出て行った。

平八郎はゆっくりと腕を組んで目を閉じた。

――さて、困った。

天満橋《てんまばし》の袂《たもと》で、柳の木に寄りかかりながら、平八郎は同じ言葉を呟いた。あと半時（約一時間）ほどで陽《ひ》が沈む。喜兵衛《きへえ》はとうに店仕舞いしたのか、河畔に屋台の姿はない。

「旦那《だんな》でも弱音を吐かはるか」

平八郎の背後、木の陰に左次《さじ》が立っていた。

「弱音じゃねえ。いきなり余計な仕事が増えて、どうやりくりをつけたものか、ちと迷っている」

紹芳に呼ばれるまで今日の平八郎は、久代助《くしろすけ》再捕縛に向けて準備をしていた。一度取り逃がした相手だ。二度の失敗は許されない。

ただ、登世《とせ》の訴えは奉行所まで上がらなかったため、この訴えそのものを受け取ることに問題はないはずだ。出合茶屋の女将《おかみ》の口書《くちがき》も固めて登世本人の申し立てと合わせれば、吟味相当として受理される可能性はある。吟味にさえかけられれば罪状は明らかとなり、どこまで厳罰になるかはともかく、久代助に何らかの制裁を加えることは可能だろう。

同時に追っている杣屋徳兵衛と弓削新右衛門《ゆげしんえもん》の関係は、なお慎重にことを運ぶ必要がある。なにしろ平八郎にさえ、悪びれもせずに金を贈ろうとした相手だ。東町には徳兵衛に飼われた者が絶対にいないとは限らない。

それでも徳兵衛を断罪するのは東町しかないと平八郎は考えていた。新右衛門は西町《にしまち》に属する与力の実力者なのだ。もし彼が徳兵衛に便宜《べんぎ》を図って、公正であるべき評定を歪《ゆが》めたのなら、奉行所の信頼は地に落ちる。

西町奉行所によって杣屋は大増屋の土地収得の御墨付《おすみつき》をもらい、ために喜兵衛を始め、その日をどうにか暮らしている者たちが、その暮らす場所さえ追われようとしている。

このことで奉行所が住民たちから反感を買うようなことがあれば、いずれその感情は公儀そのものに向かうだろう。所詮《しょせん》、金を持っている者が強いのか。権力を握っている者が好き放題にできるのか。その日その日を精一杯、真面目《まじめ》に暮らしている者たちにそんな思いが積もり積もれば、その怨念《おんねん》はこの社会そのものを壊す方向に向かうかもしれない。

だからこの事件だけはどうしても東町奉行所で裁きにかけ、奉行所の信頼を取り戻さねばならないのだ。なのに。そんなややこしい時期だというのにさらに別の仕事、それもよりによって六道丸捕縛という大仕事を任されるとは。

「どれかを後回しにせんと、どうにもなりませんやろ」

「どれも後回しに出来るほど悠長な話ではない。左次、力を貸してくれるか」

左次は苦笑いを浮かべて平八郎の背中に頷《うなず》いた。

「また忙《せわ》しいことで」

平八郎は前を向いたまま腕を組み、紹芳に説明した内容とほぼ同じ話を繰り返した。一通り聞き終えた左次は、

「海賊どもが陸《おか》に上がってきそうなところ」

と呟いて俯《うつむ》き、しばし黙考していたが、すぐに思い当たったか顔を上げた。

「闇《やみ》……ですやろか」

「俺《おれ》もそこが最も臭《にお》う。が、あの土地で片っ端から聞き込みして回るわけにもいかんしな」

「あっしが潜ります」

ことともなげに左次は言った。

「あそこは半分生まれ故郷みたいなもんで。ずいぶん立ち寄っとらんが、あっしなら勝手もわかるし勘も働く。お任せを」

この男が任せろと言えば、必ず答えを出す。平八郎は一言。

「頼むぞ」

振り向くと、左次の姿はすでに柳の陰になかった。


その足で奉行所を退出した平八郎は、居宅のある天満とは反対方向の、南船場《みなみせんば》に向かって歩き出した。

東横堀川《ひがしよこぼりがわ》に沿って南下し、久宝寺橋《きゅうほうじばし》を渡れば、西横堀川に突き当たるまでが博労町《ばくろうまち》である。通りには商人や職人の表店《おもてだな》が軒を連ね、図抜けて大きな店舗はないかわりに、このあたりの町人は概ね裕福とみられていた。

研辰《とぎたつ》の看板を見つけてその角を曲がると、一本小さな通りを挟んで、まっすぐ伸びるどぶ板が目に入り、その左右に並ぶのが間口二間（約三・六メートル）の割長屋であることも、町の余裕を感じさせる。

これは一棟の建物を輪切りのように仕切ったもので、この中をさらに棟《むね》の下で半分に分ける形が間口九尺（約二・七メートル）、奥行二間の棟割長屋だ。棟割は土間を除けば部屋の広さは四畳半。これに比べて割長屋は六畳の広さを持っていた。

ちょうど井戸の水を汲《く》みに出てきた女に尋ね、平八郎は一番奥の家の前に立ち、しばし中の様子を窺《うかが》った。

腰高障子《こしだかしょうじ》は開いたままだ。陽はまもなく沈むというのに無用心ではないか。平八郎が黙って一歩、土間に足を踏み入れると。

「誰だ」

鋭い声が平八郎を射た。

咄嗟《とっさ》に刀の柄《つか》に手をやりかけたが、抑えた。

上がり口のすぐ左に畳二畳分ほどの小さな蚊帳が吊《つ》るしてあり、内側にうっすらと人影が見える。

「依井半蔵《よりいはんぞう》殿のお宅は、こちらかな」

影は動かない。ただし、その右手がゆっくりと畳の上を動く気配。刀をたぐり寄せている。そう直感した。

「まず名乗られよ」

「これはご無礼。私は東町奉行所与力、大塩平八郎と申す……」

平八郎が名乗りきる前に、蚊帳を内側からぶわっとめくりあげ、丸顔の侍が顔を出した。

「おお、貴殿が」

不惑は過ぎたあたりだろうが、その表情は若く、下手をすれば平八郎の方が年上に見られそうだ。半蔵は一瞬前に放った剣呑《けんのん》さはどこへやら、すっかり警戒を解いた様子で笑顔さえ浮かべている。

「娘から話を聞いており申す。奉行所に、やっと信を託すに足る人物を見つけたと」

「さあ、それは」

半蔵は蚊帳から出てくると、土間に立つ平八郎の前で正座した。まだ登世の信頼に応《こた》えたとは言えない平八郎は言葉に詰まり、半蔵の背後に吊られた蚊帳に目をやった。すると半蔵は何を勘違いしたか蚊帳を振り返り、

「ああ、これは……細工物には塵《ちり》や芥《あくた》が大敵でござるゆえ、作業の中身によっては、かように蚊帳を張ることもあり申す」

と、説明し始めた。

「ほう」

とりあえず相槌《あいづち》を打つしかない。

「螺鈿《らでん》とは貝殻の謂《いい》でござってな」

半蔵は蚊帳の中に手を突っ込み、平八郎は一瞬、脇差《わきざし》でも取り出すのかと緊張したが、すぐに

ぺらぺらと薄い樹皮のようなものを手にして、平八郎の顔の前で軽く振って見せた。もちろんそれは樹皮ではない。

表面が薄紅色に光っている。その輝きは振る角度によって、微妙に異なる色合いに変化した。ただ平八郎に、それを美しいと感じる心が乏しかった。

「貝は薩摩《さつま》の夜久貝《やくがい》に勝るものはあり申さぬ。これがその表面を薄く剝《は》いだものでして、これを細かく砕き、あるいは切り欠いて」

「依井殿」

平八郎は本題に戻った。

「登世殿は、ご在宅ではないのか」

「ああ、あれはいまちょっと油を買いに行っとります。切らしていたのをすっかり忘れとりました。なに、表の店《たな》ゆえすぐ戻って参ります。どうぞそちらに腰を掛けて」

「いや」ここで待てば登世が戻ってくるまで、平八郎は延々と螺鈿細工の要諦《ようてい》を聞かされそうな気がした。「またにしよう。邪魔をした」

「それはお忙しいところをわざわざ。娘も残念がると思いますがな。というのも娘があれほど生き生きと誰かの話をするなど、ほとんど初めてのことで」

平八郎は、戸口に体を向けたところで半蔵を振り向いた。

「登世殿が、私に何を相談しに来たかはご存じか」

「いえ、それは聞いてはおりませぬ」

「よいのですか。娘御が奉行所の役人の自宅をいきなり訪ねるなど、よほどのことであろうに、その理由がまったく気にならないと」

「よいもなにも」

半兵衛は月代《さかやき》に手をやり、困ったような笑みを浮かべた。それから両手を両膝《りょうひざ》に置いて背筋を伸ばした。

「娘には常日頃《つねひごろ》、己のことはすべて己で裁量し、負うべき責めあらばそれも己で負うよう言い聞かせております。私はいまはこのように細工物で世過ぎをしておりますが、これでも元は岡山藩《おかやま》で五十石《こく》の知行取《ちぎょうとり》の身。娘は武士になれぬ口惜《くや》しさはあるが、せめて家門の名を汚さぬ生き方は貫いてくれるでしょう。その娘が話すに及ばずと決めたことなら、私も特に問い質《ただ》すことはしないのです」

なるほど。柔らかい物腰、話し好きらしい性格の明るさに眩惑《げんわく》されそうになったが、紛れもなくこの父にしてあの娘か。平八郎は腑《ふ》に落ちる気がした。

ここに入るやいなや誰何《すいか》された平八郎は、その声にかすかな殺気を覚えたのだ。いかなる理由があってかはわからないが、この人物は死を傍らに置いていることを連想させた。それは、確かに武士の生き方だ。

長屋の木戸をくぐり抜けたところで、表通りから買い物を終えて戻ってきた登世と鉢合わせた。

「大塩様?」

「登世殿か」

「もしや、私どもの家に」

「少し伝えておかねばならんことが起きてな。留守と聞いて出直すところだった」

「それは失礼申し上げました。ご用件は何でございましょう」

さすがに長屋の前で話す内容でもないため、平八郎は少し歩いた先にある難波《なんば》神社の境内《けいだい》に誘った。参道の両横に並ぶ木々の下はすっかり夕闇より濃く、うまい具合に二人の顔は隠れたが、見ようによっては逢引《あいびき》の体《てい》である。平八郎は一刻も早く、話を切り上げようとした。

「そういうわけで、明日明後日のうちにもと考えていた久代助の捕縛は、少し先に延ばすことになった」

「先とは……どれくらい」

「長い話じゃない」

平八郎としては、六道丸の捕縛に関わる話をするわけにはいかなかった。「遅くても天神祭の翌日には」

「それくらいなら」

少し不安げな表情を見せた登世の顔に、明るさが戻った。

平八郎はこのとき、素直に彼女を美しいと認めたくなった。が、そんな思いが湧《わ》くたび、決してそんなことを認めてはならぬという歯止めに働く声が、心のもう半分から叫ぶのであった。

「大丈夫です。大塩様が必ず正しいことを行ってくださると、それを信じられるいまなら、待つことは苦ではありません」

「すまない」

「父と話をされましたか」

「ああ。なかなか朗らかなお人柄とお見受けしたが」

「そう、見せているのです」

いきなり登世は言った。

「あれで臆病《おくびょう》で用心深くて、細工仕事をしている最中も脇差を体のそばから離せず、誰かが来たときも相手が自分の位置を確かめるより先に相手の位置を見定められるよう、あんな蚊帳を吊っているんです」

平八郎はこのままこの話を聞いていていいものかどうか一瞬悩んだが、

「どういう、ことかな」

好奇心に負けて、つい聞き返した。それとも、好奇心だけだったろうか。

「父は、人の罪をかぶりました」

登世の始めた話によると八年前、藩の勘定方を務めていた半蔵は、あるとき計算の合わなくなった帳簿を調べているうち、上役の不正に気がついた。

そのことを直接その上役に伝えたのは、告発という形になれば、最悪の場合その上役は腹を切ることになるからだ。

半蔵はそれまで家族ぐるみで付き合ってきた相手にそんな目を見させたくなかったし、損害も返済不能な大金とまではいえなかったため、事が露見する前に経理の穴を埋めるよう上役を説得した。

　証拠の文書まで出されて詰め寄られた上役は観念し、必ず半蔵の言う通りに罪を償うと泣いて謝罪した。そこで半蔵は上役の不正の証拠を消すため、証拠となる文書を廃棄したり、書き直すことまでしてやった。

　ところが数日後。勘定方に不正が行われているという疑惑が持ち上がり、その中心人物に半蔵の名が取り沙汰《ざた》されているという話が、当の半蔵自身の耳に入ってきたのだ。

「用人《ようにん》を務めていた父の親族筋から知らされた話で、藩では父を告発するための準備が進められているると。驚いた父はすぐに上役のもとに向かいましたが、相手には逆に父が不正を行ったとなじられる始末。自分は一切関《かか》わりないとまで言われて、初めて父は罠《わな》に嵌《は》められたことを悟ったのです」

「なんと」

「家に戻った父は家族だけは守らねばと、その夜のうちに私と母を連れて逐電いたしました。あとはこの町にたどり着くまで浪々の身。慣れぬ旅暮らしで体を壊した母は他界し、その頃から父は、長年趣味としていた細工物で身過ぎをする覚悟を決めたのです」

　登世は浅い溜息《ためいき》をついた。

「父はいまでも己の甘さを悔いております。本当なら二度目に上役を訪ねたとき、裏切りを知るや即座にその上役を斬《き》り捨てるべきだったと。でも父は武士の体面を守るより、私や母の命を先んじてくれました」

「それでは、半蔵殿がいまも恐れておられるのは」

「ええ。藩が父に討手をかけているのではないかということです。以来、父は武士としての礼儀作法を私にもやかましく言うようになりました。きっと自分が選んでしまった道をいまも悔いて、いつ死ぬことになろうと、そのときはせめて武士らしくと願っているのでしょう」

この娘の武士ぐるいはそういう由来だったのかと、種を明かされてみれば、平八郎は意外な思いであった。

「武士の体面などにこだわらず、おまえさんや母御の命を救った半蔵殿は決して間違ってなどいないと思うがな」

「父は時々、私が男だったらと呟くことがあります。男ならば依井家が恥を抱えた自分で絶えることもなかったろうにと。私は本当の武士になれず、申し訳なく思うばかりですが」

平八郎もまた、己の武士を意識して生きる男の一人であった。

だが、半蔵の生き方は果たして、家族の誰かをしあわせにしただろうか。

そんな迷いをふと感じる自分を見つけて、軽くうろたえた。

九

――まったく、えらいことになった。

東町奉行所、北東の角に近い小部屋の中で、佐野甚兵衛《さのじんべえ》は自分用に置かれた文机《ふづくえ》の前に座り、新たにこの部屋の主となる人物を待っていた。

いつものように定廻《じょうまわ》り同心の当番部屋に出仕した彼が、同心組頭の与田三右衛門《よださんえもん》から異動を命じられたのはつい今朝のことである。

「とうぞくぎんみがたよりきづき？　あの……何だすねん、それは？」

と、思わず聞き返したのは、もちろん甚兵衛がこの名を知らなかったからではない。ただ元来、大坂の奉行所における盗賊吟味方は、市中で盗賊の被害が多発したときなどに設けられる臨時の加役であった。この時期、新たに盗賊吟味方の与力が任命されたとすれば、それは六道丸捕縛を念頭に置いたものに違いなく、それなら配下となる与力付同心は、武芸や実務に練達した精鋭が集められるはずだ。

なんで、わしが？

当番部屋から追い立てられるようにこの部屋にやってきた甚兵衛の頭の中に、さっきから渦巻いては消え、また湧き出しては渦を巻く思いはそれである。

彼も武士の家筋として、一人前に剣術の指南を受けた覚えはあるが、それももう二十年以上前のこと。そもそも外で刀を抜いたのがこの前いつだったかさえ、とうに忘れている。

実務に至っては、彼が最も得意とするのは、いかにも仕事をやっているように見せる技だ。それでいて実績は一向に上がらないため出世の道からも遠ざかっている。しかし、それこそ甚兵衛が望んでいる生き方なのだ。

目立たず力まず、日々平穏無事な生活を送ることのみに心を配る。

下手に目立てば仕事を押し付けられるが、忙しくしようと暇に過ごそうと、三十俵二人扶持《ぶち》は変わらない。それにこの仕事は、市井でおだてられているうちはいいが、反面どこでどんな恨みを買っているかわからないものだ。

長生きしたければ適当に小銭を貯《た》め、ある程度の額になったらさっさと退隠する。それが甚兵衛の人生訓であり、目指すべき将来であった。

それにしても異動は宮仕えの常だが、よりによって何の戦力にもならない自分が盗賊吟味に呼ばれた理由がわからない。与田に尋ねてみても、

「わしもそれ、聞きたかったわ。昨夜役宅に与力の大町様が来はってな。此度《こたび》新たに盗賊吟味の頭《かしら》になる男のたっての頼みで、おまえをしばらく借りたい言《ゆ》わはるだけや。御奉行の口添えもある以上、断れる話でもなかったが、おまえ、あの男と知り合いやったんか」

「あの男？　……どの⁉」

与田からその男の名を聞いて、甚兵衛は頭から血の気が引いていく感覚を覚えた。

「えらいこっちゃ……どないしょ」

ぽつりと呟きが漏れたとき、廊下と仕切る板戸が勢いよく開けられ、思わず尻《しり》を浮かせてしまった甚兵衛の視線の先に、大塩平八郎が立っていた。

「待たせた」

そのまま大股《おおまた》で上座に進み、板間に敷かれた円座にずかりと座ると、剔《えぐ》るような目つきで甚兵衛を見据えた。

「そんなにしゃっちょこばった顔をするな。与田から聞いてると思うが、当面この部屋は俺とおまえの二人だけだ。気楽にせよ」

――ほなら、まず人が気楽にでける顔しとくなはれ！

甚兵衛は心の中で一度だけ叫び、うらめしげな目を平八郎に向けた。

「あのぅ」

「なんだ」

「私はここで、何をしたらよろしんやろ」

平八郎は腰の左側に下ろしていた包みの結び目を摑み、ぐいと膝の前を引き回して正面に置き直した。

「書庫倉で集めてきた。この三郷で六道丸が起こした押込みに関する調べ書きだ。まずはこれに目を通して、気になることがあれば遠慮なく申し出てくれ」

「気になることて」甚兵衛は言葉に詰まった。「そんなん、いままでさんざん与力衆が吟味してきはったことですやろ。いまさら何があるて言わはりますねん」

「それをおまえが調べるんじゃないか」

平八郎がまたも例の目を甚兵衛に向けた。

「俺も昨晩、一通り目を通してみたが、いかにもまとまりのよい報告で、ひっかかるところがねえ。そこがひっかかってな」

――自分、何言うてはるかわかってまっか？

心の中で二度目の呟きを漏らし、それでもこの男にはなるべく口答えをしないが得策と決めた甚兵衛は、

「まあ、そうせえ言わはるなら、やってみますけんど」

と、答えざるを得なかった。

「俺も念入りに読み直したいところだが、こればかりにかかる手間が取れんでな」

平八郎の前に座り直して、弁当箱でも入っていそうな風呂敷《ふろしき》包みを受け取ると、甚兵衛は思い切って尋ねてみることにした。

「あの、一つよろしいやろか」

「なんだ」

「なんで私でっしゃろ。大塩様の手下を務めるなら、奉行所にはもっと腕も立つし、頭も切れる者《もん》がよおけおります。よりによって、なんで私なんぞに」

平八郎はわずかに首を傾《かし》げ、不思議そうな表情を浮かべた。

「おまえ……俺に呼ばれて迷惑だったのか」

——当たり前やろ！

などと答えるわけにはいかない。といって、露骨な嘘《うそ》をつくのも抵抗がある。まともに相手の目を見られず、言葉に窮して黙っていると、

「まあ、そういうとこだよ」

平八郎の声色が先ほどよりやや柔らかくなった。もしや笑っているのかと思い視線を上げると、まったく変わっていない目つきに貫かれ、全身にまた冷気が走った。

「おまえは自分で思ってるより正直な男だ。それに、俺に口答えするところも気に入った」

「私が？　大塩様に？　いつ⁉」

「一昨日、俺が久代助を責問《せめどい》にかけようとしたら法度《はっと》を曲げるなと反対したじゃねえか。あれはおまえの言うことがまったく正しいが、普通は与力に逆らう同心なぞいやしねえ。むしろ、法度を曲げても上役の言うことには従う方が楽だからな。おまえは違った。この仕事は信用できる相手と組みたい。おまえを指名したのはそういうわけだ」

申し訳ないが大塩様、それは大きな見立て違いというもんでっせ。上役の指示に従わんように見えたんはいざとなりゃ、上役はわしらを守る気なぞあらへんさかいや。責任は全部わしらに押し付けて自分は頰《ほ》っ被《かむ》りする連中を嫌というほど見てきたゆえの、己を守る算段に過ぎまへん。

と、本当は声をあげたかったが、実際にはもごもごと口ごもっている間に、平八郎は廊下から名を呼ばれて出て行った。門外に平八郎を訪ねてきた者がいるらしい。残された甚兵衛は包みに

目をやり、肩を落として溜息をついた。

門の外で平八郎を待っていたのは左次だった。彼は平八郎の意を受けて、昨夜〝闇〟に潜ったのだ。

〝闇〟とは平八郎ら奉行所の同心、与力の間でのみ通用する符牒《ふちょう》である。

大坂は西の大都であり、天下の台所とも呼ばれる物産集積地だ。だからこの町には日々、その賑《にぎ》わいを目指し、全国から多くの人々が集まってくる。これは同時に、本来なら日の下を真っ当に歩けない、歩くべきでない者たちも呼び寄せることとなったが、彼らの多くは様々な事情で人別帳から外されたり、もとより加えられていなかった者たちである。

三郷の周縁部にはこのような人々が屯《たむろ》する地域が何カ所か自然発生していた。中でも最大の集落は道頓堀を越え、処刑場と墓場の南に位置する江田《えだ》の辻《つじ》だ。

ここにどれほどの人間が住んでいるのかは定かでない。それでもこの中には飲食の出来る店や宿はおろか、女郎屋まである。もちろんこれは無許可の私娼窟《ししょうくつ》になるが、こういう店に凶状持《きょうじょうもち》やその予備軍が集まるのは当然の流れであり、この町が犯罪の巣窟のように言われる理由でもある。

奉行所もただ座視していたわけではない。過去に何度かこの町に密偵を放ち、まずは内情を探ろうと試みたこともあった。しかしこの町に潜った密偵はほぼ例外なく、数日後に簀《す》巻《まき》となって近隣の川に浮かんだ。

やがて奉行所も、この町に手を突っ込んで得られる成果より、支払う犠牲の方が大きくなることを悟り、徐々にこの町に関わることを忌避し始めた。以来ここは奉行所にとって、存在しないも同然の町となったのである。まさしく闇の中というしかなく、奉行所の中でも誰言うとなく〝闇〟はこの地の別名になった。

左次は十代の中頃から、この町によく出入りしていた。もともと垣外《かいと》と闇地《あんち》の住人は、同じ社会の埒外《らちがい》に生きる者である。決して仲がいいわけではないのだが、この二者の間にはどこか心理的に近い部分もあっただろう。

たとえば若い頃の左次が、閉塞《へいそく》した垣外で溜《た》まった鬱憤《うっぷん》を江田まで来て晴らし、江田の連中に捕まって半死半生の目に遭わされるような毎日を送っていても、紙一重のところで殺されずに済んだのは、彼が垣外の者であったことも多分に影響していたと、いまの左次は理解できる。

足かけ五、六年の多感な時期を左次はこの町で過ごし、一時期は垣外を抜けてこの町で暮らそうかとさえ思ったこともある。身分制に縛られて明日の希望もなく、怒りを抱え、荒れた若者だった彼がいまの彼になるきっかけは、間違いなくこの町で得た。

他の誰にとっても危険極まりない江田への潜入は、そんな左次だからこそ頼める一事であり、またその期待にしっかり応えるのが左次という男であった。

「踏みましたで」

「む」

「六道丸の尻尾《しっぽ》」

腕組みしながら奉行所の黒い板壁の前を歩いていた平八郎は立ち止まり、左次を見た。

「聞こう」

「昔、親しゅうしてた男で、江田で宿をやっとる者《もん》がいます。宿と言《ゆ》うても宛《あて》ごうた女郎に世話させて、客が乗ったらその客の足下を見て金を吹っかける商売ですが、信用でける男です」

何を信用の基準にしているのかよくわからない話から左次は切り出した。

「二十年ぶりにそいつに会いました。一晩、酒を飲んで話し込みましたが、向こうはあっしがずいぶん久しぶりに江田に入ったので、てっきり何か三郷でへまをやらかしたとでも思たんでしょう。酒も入って口も軽うなったのか、向こうから海脱けの話を持ちだして」

「海脱け？」

道の反対側を同心らしい男がすれ違った。左次は一段と声を落とした。

「三郷で何かことを起こした連中を、船で外国《とつくに》へふけさせる手です。陸の道を行くより遥《はる》かに安全で遠くに行ける」

「そういう話は俺も聞くが、たいてい不漁に悩む河口の漁師が苦し紛れにやることだというではないか。しかも見つかれば磔《はりつけ》だ」

「へえ。小舟で咎人《とがにん》を逃がすのはかえって目立つ。それに旦那の言う通り、逃がす方も命懸けだ」

「その話と六道丸が関わるのか」

「そいつが言うには、自分が繋ぎを取れる筋は、漁師の舟なぞと比べものにならん弁才船《べざいせん》を持ってる連中やと」

「なに？」

弁才船とは一言で言えば帆船である。船体中央に巨大な帆一枚を上げ、風の力で帆走するが、意外と小回りはきくし、逆風でも進むことができる。

なにより堅牢《けんろう》な船体を持ち、船底も箱形であるため、港の形状、水深の深浅を問わず、海でも川でも碇泊することが可能である。さらに小さいものは三百石積みから、大きければ二千石を超える積載量を持つ船まであって、貨物船としての利用価値が大きく、当時の海運のまさに花形といえた。

「そいつらが来坂するんは三年に一度くらいで、今度が三度目と言うてましたが、来るたび三郷から客を乗せて出港したと。そいつらはすべて無事に逃げ果《おお》せたという話です」

「三年に一度。三度目」

「六道丸の足取りと重なってると思いまへんか」

「それだけでは」乗るべき話かどうか、平八郎は迷った。「そいつらは、客をいつ乗せるつもりだ」

「明日の暮れ六つ（午後六時頃）。ふけるい気があるなら早よぉ仕度して来いと。そいつが道を付けてくれるそうで」

「左次」

「へい」

明日は天神祭の船渡御。六道丸が三郷を脱出すると読んだ日時と一致している。

「繋ぎをつけてくれ。俺は三郷を脱けるぜ」

盗賊吟味方では甚兵衛が、むっつりと押し黙って調べ書きを読んでいるところだった。あまり熱心に読んでいたせいか、平八郎が板戸を開けても、今度はびくともしない。声をかけると初めて気づいたように顔を上げ、平八郎と視線が合うと、また脅えた表情を見せた。

「何かわかったか」

「な、何かて、まだ読み始めたばっかりですがな……ああ、そや」

甚兵衛は膝の横に置いた風呂敷包みに手を伸ばし、一番上から三つに折り畳んだ半紙を手に取った。

「これ、なんだすねん。書庫倉にこんな記録が残ってたとも思えまへんが」

「ああ、それは」上座に着いた平八郎は懐を探るようにして、答えた。「先達《せんだつ》て、ここに投げ込まれた捨訴だ。失《な》くしちゃいけねえと持ち歩いていたんだが、調べ物のついでに手元から出して、そっちに紛れ込んだらしいな」

「大塩様が杣屋に執着しはるんは、もしやこの捨訴が元ですか？」

甚兵衛は上座についた平八郎に、恐る恐る聞いたが、

「それがどうかしたか」

との答えに、目を丸くした。

「まさか、こんな子どもの書き付けを当てにして動かはったんでっか⁉　大塩様ともあろうお方

が」

「子どもの書き付けとは何だ。身許《みもと》を隠すため、筆跡を取られぬようわざと作った字だ。その内容は看過できず、子どもに書ける話ではない」

「いやいやいや、中身はともかく、字面はどう見ても子どもの字です。私には十になる甥《おい》がおりますが、その子の書く字もこんな調子でしてな。書き順がおかしいさかい字の形も崩れるし、線が一本足らんかったり、点がなかったり、似たようなとこを間違うとります」

さすがに少しむっとした平八郎に気づいた甚兵衛は、はっと手元を口で押さえ、またやってもた、と口の中で呟いた。

捨訴を風呂敷に戻し、文机に置いた調べ書きをわざとらしく一枚めくったが、後の祭である。

それでも甚兵衛はめげずに話題を変えようと、

「それにしてもこいつら、ほんまに惨《むご》いことしよる。とても同じ人の血が流れてる者のやったことは思えん所業や」

甚兵衛がいま読んでいるのは六年前の鳥羽屋襲撃の記録。店主の子どもや、まだ幼いおはした女中を含む、十二人もの犠牲者が出た事件だ。

「六年前いうたら私は書役《かきやく》でしたさかい、直《じか》にこの件の吟味に関わったわけやないが、まさかこないにひどい有様《ありさま》やったとは」

「書役？　おまえ、書役だったのか⁉」

妙なところに食いつかれて、甚兵衛はまた何かまずいことでも言ったかと戸惑った。

「だったらちょっと頼みがある。俺の顔を書き付けにしてくれねえか」

「はぁ？」

「おまえから見た俺の人相風体を書くんだ。やってくれ」

混乱しながら甚兵衛は指示されるまま、身の丈六尺余、顎《あご》は張り、色白面長。眼光鋭く、顔に黒子《ほくろ》なし、といった特徴を半紙に書き連ねた。最後に平八郎は右腕の袖《そで》をまくり上げ、昔、剣術の稽古《けいこ》中、相手の木剣を受け損ねて怪我《けが》をしたという傷痕《きずあと》まで見せた。

その書き付けを持って平八郎が向かったのは、組頭大町休次郎の詰める部屋である。ここで平八郎は、弁当を食べる最中の休次郎に、驚くべき計画を説明した。聞いた休次郎は箸《はし》を止め、ぽかんと開いた口の端から米粒が落ちるのも構わず、聞き返した。

「十日前の曽根崎《そねざき》の人殺《ひとごろ》して……え？　あれ、おまえの仕業か⁉」

十日前、問屋仲間と酒を飲んだ商人が、帰りの夜道で辻斬《つじぎ》りに遭って命を落とし、金子を奪われるという事件があった。犯人はまだ捕まっていない。

「あの件はまだ斬った相手の目星がまったくついていない。それを利用させてもらいます」

平八郎は休次郎のぼけかたには付き合わず、甚兵衛に書かせた人相書を突きつけた。

「大町さん、すぐにこれを高札場に張り出すよう願いたい」

「わけがわからん。ちゃんとわかるように言え」

休次郎は右手に箸を持ったまま、書き付けと平八郎の顔を交互に見比べ、まだ混乱している。

ちなみに通常、高札に張り出される人相書と呼ばれるものに、犯人の似顔絵などが描《か》かれることはない。まずはその容疑者の名前、偽名、通り名などの記述から始まり、生国、年齢、言葉の訛《なま》りや人相、体の特徴などを文字で書き連ねるだけだ。しかもそれでたいてい用は足りた。

「盗賊吟味方として、六道丸捕縛の仕掛けを張るためです。私は今宵《こよい》、江田の辻に入りますゆえ」

「えっ、江田に？　……正気で言うとんのか⁉」

「危難は覚悟の上。だがうまくいけば六道丸の一件は明日にも片が付き、御奉行の大町さんへの覚えもめでたくなるでしょう。しくじれば死ぬのは私一人で済む」

「うぅむ」

休次郎は唸《うな》った。自分にとって損になる話かどうかを考えているのだろう。

平八郎の見立てでは、休次郎は決して悪意の男ではない。ただ、自分自身の物差しを持たぬゆえ、人がどう判断するか、特に上役の不興を買うか褒められるかが、彼の行動の指針になっている。

「わかった」

軽く膝を叩《たた》くと休次郎は答えた。「闇にはいつ潜る？」

「いまからでも。ただ、準備にしばしの手間を取るので」

「張り紙は半時以内に北組、南組、天満組の高札に手配する。おまえは心置きなく務めを果たせ。かまえて無茶はならんぞ」

一見、優しげな言葉をかけたのは、自分が決して無慈悲無能な上司ではないという体《てい》を見せておきたかったのだろう。何の有り難みもない無意味な行為だが、平八郎にしてみれば自分がやろうとしていることに嘴《くちばし》を容《い》れられるよりは、ましであった。

盗賊吟味方に戻ると、甚兵衛の姿がない。上座に書き置きがあり、多少、気になることができたため、外回りで調べてくるという内容が認《したた》められていた。

「逃げたか」

独りごちた平八郎は右手で顎をさすり、甚兵衛の座っていた席に目をやった。文机の上に調べ書きと捨訴が並んで載っている。よほど自分と同じ部屋にいることが耐えられなかったのだろう。

実は平八郎が甚兵衛を配下に選んだのは、本人に説明したほど立派な理由ではなかった。確かに見え透いた嘘がつけず、同心として最低限の倫理観は持っていそうな部分が平八郎の眼鏡にかなったのは事実だが、甚兵衛自身の噂《うわさ》を周りに尋ねた限りでは、どうにも芳しい話が伝わってこない。

言ってみれば彼は、なるべく働かずに扶持をもらい、面倒事が起きそうな現場には決して近寄らず、安穏な生活を送ることのみを願っている、典型的な小役人であった。そして、それこそが平八郎が彼を選んだ理由だ。

つまり、甚兵衛のような男はどう転んでも出世などしない、時が経《た》てば経つほど奉行所の枢要からは離れていきそうな人物で、たとえば腹に一物を抱えた商人が、奉行所の人間誰彼構わず金を配ったとしても、甚兵衛だけは外すに違いないだろうからである。

だから信用できる。奉行所の中で、自分のやることに目を光らせ、外部と通じるような男を身の回りに近づけるわけにはいかない。平八郎が甚兵衛を選んだ理屈はこういうことであった。

甚兵衛の文机から捨訴を懐に戻そうとして、ふと、先ほどの彼の言葉を思い出した。

こんな子どもの書き付けを当てにしていたのかとは、ずいぶんな物言いだ。こういうところはやはり事件にあたった経験の少なさが言わせるのだろう。

この捨訴を書いた人間は、もし自分の身許がばれたら杣屋に報復を受けると考えていたのだ。だからこそ、自分の筆跡の癖を隠すためにあえて稚拙な書き方をした。これくらいの細工がわからないようでは……。

何度も読んだ捨訴を開き、破損や汚れがないことを確かめた平八郎は、畳もうとしてふと、手を止めた。

いくら筆跡を稚拙にしてみたところで、字面まで間違う必要はない。なのにこの捨訴、そもそも書き出しから字を間違っている。

乍恐以書付奉中上候

い、い、い、い

この「候」の「矢」の部分が「失」になっていたのだ。

待て。これに似た字を最近どこかで見た。確かに、見た。

平八郎の脳裏に、雷光のように閃《ひらめ》いたものがあった。

「喜兵衛！」

叫ぶなり平八郎は奉行所の表へ飛び出していく。

「旦那？」

喜兵衛はいつものように、天満橋下の河岸で屋台を出していた。いま店を開けたばかりで鍋《なべ》の湯もまだ煮立っていない。そんなところへ奉行所の方角から、喜兵衛の名を叫んで平八郎が猛進してきたのだ。

思わず逃げ腰になった喜兵衛はすぐ我に返り、なんでわしが逃げなきゃならんのだと思い直した。

「喜兵衛、鶴吉《つるきち》はどこだ⁉」

屋台に飛びついた平八郎は、鶴吉の居場所を尋ねた。とりあえずうどんを要求されると思っていた喜兵衛は、少し安堵《あんど》した。

「鶴吉なら川原の方へ水を汲みに行っとるわ。呼んできたろか？」

「構わん、俺が行く」

川に向かうと、天秤《てんびん》に吊るした桶《おけ》二つに、それぞれたっぷり水を張って戻ってくる鶴吉に行き合った。

「あ、おじちゃん」

「鶴吉。字を教えてやろうか」

「いまはええわ。これから爺《じい》ちゃんの手伝いせんならんし」

「わかった。そういや昨日、字は大増屋の和三郎《わさぶろう》に習ってたと言ったな」

「字だけやないで。和っちゃんはいろんなこと教えてくれたわ。おじちゃん、女の人のおいどが大きいのはなんでか知ってる?」

「その話は今度聞こう。あのとき見せてくれた和三郎の手習い、いま持ってるか」

鶴吉は喜兵衛の屋台の一番下の引き出しから、何冊かの半紙を綴《と》じた手習い帳を取り出した。

「己《うら》の手習いはこれやで。ほんで、こっちがゆうべ書いた……」

「和三郎のはどれだ」

鶴吉は少し頬を膨らませ、一番底にしていた冊子を示した。

昨日見た仮名習字だけでなく、もう少しまとまった文章を書いた冊子もあった。開いてみれば、主に漢字のみが筆写された箇所もある。平八郎は、呻《うめ》くように呟いた。

「……これだ」

そこには苦手な字であったのか「候」の文字が何個も書き連ねられていた。だが残念なことに、そのいずれも「矢」の部分が「失」になっており、形は捨訴の筆跡、そのままであった。

十

「それは……捨訴を書いたのは大増屋の倅《せがれ》やと？」

「十かそこらの子どもが一人でそんなもの書くわけねえ。恐らくは親父《おやじ》の助太夫《すけだゆう》の指示だな。倅にしてみりゃ、手習いか何かのつもりで書かされたんだろうが」

「なんと」左次は歩きながら腕を組み、溜息を吐いた。「それで一家が皆殺しに遭ったなら、あんまり惨《むご》い」

「まだ、その件と襲撃が関わりあるかどうかはわからねえが」

奉行所を出るとき、羽織も袴《はかま》も外して黒の着流しに着替えた平八郎は、道の左右に張り出た看板と、役者の名前をでかでかと書き記した幟旗《のぼりばた》を交互に眺めながら、道頓堀を歩いている。

日が暮れるにはいま少し時間があるが、この町の人出はのべつ幕無し。競り売りの血走った声が飛び交う米市場や雑喉場《ざこば》は、商都大坂の面目躍如たる光景だが、庶民による大坂の繁華を見たければ道頓堀に止《とど》めを刺す。壮観は堀川の南岸に沿って、軒を争うように建ち並ぶ芝居小屋の数々。特に芝居を観《み》なくても、この光景の間を遊歩するだけで時を忘れる。

「もしそうだとするなら、だんだん絵図が見えてきた」

「と、言うと」

「捨訴は、枡屋徳兵衛が西町奉行所の誰かに金品を送り、御政道を恣《ほしいまま》にしているという告発だ。もしこれが大増屋の仕業だとして、そのことを徳兵衛が知れば放《ほう》ってはおかんだろう。少なくとも大増屋の口はどうでも塞《ふさ》がなきゃならない。そのうえ大増屋との間には土地の売り買いをめぐる問題もある。徳兵衛にしてみれば大増屋は」

「だいぶ商いの邪魔に見えますやろな」

「ああ、だが実際に大増屋を殺したのは六道丸だ。となるとこの二人の間に繋がりを見つけられない限り、徳兵衛の罪を暴くことはできねえ」

「商人と海賊でっか」

左次は隣を歩く平八郎を、やや見上げた。

「旦那は文句たれてはったが、この頃合いで六道丸捕縛を命じられるとは、ええ巡り合せやないですか」

「これも徳兵衛を止めろという天啓かもしれねえ。それにしてもなあ」

右手に太左衛門橋《たざえもんばし》が見え、左に角座《かどざ》というその角を、二人は左に曲がった。通りの喧噪《けんそう》は一気に半分以下に減った。

「いままでも盗賊の詮議《せんぎ》は扱ったことがあるし、中には六道丸よりひどい殺しをする奴らもいた。だから商人が、自分らの敵である盗賊とつるむなぞ考えたこともない。徳兵衛がいくら悪党でも、言ってみりゃ同じ商人仲間を、その家族や奉公人ごと何十人も殺すような、そんな真似《まね》ができるものだろうか」

「旦那、そういうところは甘《あも》うでけてる」

下目になって薄く笑みを浮かべた左次を、平八郎は見咎めた。

「なんだと？」

「旦那はいままで何人の人殺しと面を突き合わせてきたんや。そいつらが人を殺《あや》めた理由で一番多いのは何です？」

「そりゃあ……恨みとか」

「金ですよ」即座に左次が返した。「恨みで人を殺めた話も、たいてい金の恨みが絡んでる。それもたいした金やない。一両二両どころか、一分二分の金でも諍《いさか》いになり、あげく殺しにたどりつく」

「まあ、そういうこともある」

「そこへいくと商人は桁《けた》が違う。時には千両万両の金がかかった大博打《おおばくち》みたいな商いかてやりますやろ。ねえ旦那、一分二分で人を殺める者がおるなら、千両万両のために何人でも人を殺められる奴がおっても、別におかしゅうないと思わはらしまへんか」

左次は、どこか投げやりな笑みを浮かべて平八郎を見た。平八郎は前を睨んで歩き続けた。

角座を曲がると、右手には法善寺《ほうぜんじ》と竹林寺《ちくりんじ》という二つの寺が並んでいて、この寺の先は墓地になっている。

それでも法善寺の門前までは人の流れも絶えず、盂蘭盆会《うらぼんえ》の頃となれば、この辺りを鉦《かね》と太鼓を叩いて墓参する人も多かった。これはこの時期にお参りすれば千日分の功徳が得られるという話が、人々の間に信じられていたためだ。

これに乗じて千日回向を盛んに行った法善寺は、やがて千日寺《せんにちでら》の通称で呼ばれるようになり、その門前は千日前通りとしてなお賑わった。

法善寺の前をさらに南に進むと黒門が見えてくる。門と言っても普段から扉はなく、背の高い黒い門柱が左右に立つだけ。この門を越えてすぐ左に、板塀で囲まれた広場が目に入る。その入口となる塀の切れ目の前には、人の背より三尺ばかり高い板棚が設けられ、ときどきその上に生首が晒《さら》された。これは獄門台。背後の広場は刑場なのだ。

道のどん突きには、切妻の屋根を壁のない柱で支えた火屋があり、多い年にはここで一万体を超える遺体の焼却を行った。大坂は江戸より火葬が盛んな町として知られていた。

遺灰は火屋の横に灰山となって積み上げられ、その後背からそちこちに突き立つ卒塔婆《そとば》や石塔、墓石が見える荒涼たる景色が広がっている。数町戻れば道頓堀の、生者の息吹でむせ返る喧噪。黒門はまさに死者と生者、二つの世界の境目に立つ標《しるべ》であった。平八郎と左次はいま、さらにその奥を目指して進んでいく。

実は江田の辻へは、この墓地を抜けていくのが一番早い。ただし、墓地と江田の境が曖昧《あいまい》なため、初めて江田を訪れようとする者は、墓地の中で延々と迷い続けることもある。ことにこのあたりは低湿地で、夕方以降は濃い霧に包まれることもあるからなおさらだ。

「明るいうちに入れば、なんということもおまへんのやが」

左次が言う通り、二人はたいした手間も掛けずに墓地を抜け、現われた集落の入口に立っていた。かつてはちゃんとした木戸があったようだが、いまはもう崩れかけた木戸の枠と、板塀の一部しか残っていない。

広小路の両側にそれぞれ十軒ばかりの建物が並んでいる。特に看板などは出ていないが、左次の話ではその中に飯屋もあれば、宿もあるという。

例外は小路の突き当たりの建物で、入口の腰高障子の前に「酒肴《しゅこう》」と書かれた提灯《ちょうちん》が一つ、吊り下げられていた。その前を左右に走る道がどうやら辻の由来らしい。

「あれです。昔は嘉十《かじゅう》という男がやってた店ですが、いまは遠縁にあたる若い男が料理を出してます。そこで繋ぎをつけることになっとりますが」

左次が周囲の視線を気にしながら平八郎に囁《ささや》く。この町が賑わうのは日が暮れてからで、日のあるうちは表の通りに出ている人間もほとんどいない。ただ、建物の中から息を潜めてこちらを窺う様子は、平八郎も先ほどから感じていた。

「わかった。ここからは俺一人でいい」

「なるべく近場におりますが、いざとなったときは呼んでください」

「頼りにしてるぜ」

左次は右手の建物の陰に入り、平八郎はそのまま進んで嘉十の店の障子を開けた。

外の明かりがほとんど入ってこない店内は薄暗く、まるで土蔵の中だった。空気もどこかひんやりと涼しく、土間には板に足が付いただけの長床几《ながしょうぎ》が二つ、その奥に小上がりがあるだけの小さな店だ。

障子戸を開けた音に、台所の奥から鉢巻きと襷《たすき》を掛けた若い男が顔を出した。

「店はまだやで」

「左次の伝手《つて》で来た」

左次の名を聞いた途端、男の顔に緊張が走った。すぐ小走りに近づいてくると、

「侍やとは聞いてへんかったぞ」

声にいささかの険があった。

「今朝まで脱けるかどうか決めかねてたんだ」

「悪いことは言わん。いまのうちに出てけ。相手も来るのは町人のつもりでおる。ちゅうか、あいつら、侍を嫌とるさかいな」

平八郎は長床几に腰を下ろし、傍らにぴしりと四文銭を二枚置いた。

「燗《かん》はぬるめで頼む」

若い亭主は舌打ちし、どうなってもしらんぞと吐き捨てると、また厨房《ちゅうぼう》に戻っていった。

平八郎は右手だけでちろりから猪口《ちょこ》に酒を注《つ》ぎ、ちろりを置いて、猪口を口元に運んだ。そうやって三杯目に口をつけようとしたとき、後方で店の戸を開ける音がした。

「おい、こいつけ?」

声がして、平八郎の両隣に二人の男が立った。一人は肉付きのいい大柄な男。もう一人は色黒の筋肉質の男だ。

「おまえか、繋ぎをつけたんは」

平八郎は答えず、酒を満たした猪口をなお口元に近づける。

「人が聞いとんのや！」

平八郎の右に立った色黒の男が、平八郎の手を払った。猪口が弾《はじ》き飛ばされ、土間の上に転がった。

だが平八郎は泰然と背筋を伸ばしたまま、ゆっくりと右の男を見上げ、

「六道丸の使いか？」

「なんやとっ⁉」

いきなり色黒、平八郎の胸ぐらを摑み上げる。と同時に平八郎、懐に入れた左手をさっと男の眼前に突きつけた。じゃりっと重そうな音が聞こえ、その手に大人の拳《こぶし》ほどの巾着袋《きんちゃくぶくろ》が握られている。

「なんや、これは」

「渡し賃の手付けや」

「なめとんのか。こんな鐚銭《びたせん》で人が話を聞くと思たら大間違いや」

「鐚銭かどうかは見てから言え」

その言葉に色黒は巾着を奪うように取り、もう片方の手も平八郎の胸元から離して、その口を開いた。

「こ、これは」

中を確かめると、詰まっていたのは一分銀。ざっとみても四、五十枚。小判に換算すれば十両

ほどにもなるだろうか。

「おまえ」

当惑して顔を上げた色黒の鳩尾《みぞおち》に平八郎、いきなり当て身をくらわす。たまらず「ぐっ」と呻《うめ》いた色黒から巾着を取り戻し、驚いて左から組み付いてきた大柄な男の腕を、頭を下げて躱《かわ》す。さらにその首を脇で挟むようにぐるりと左腕を回すや。

「やっ」と全体重を乗せて上体を曲げ、男の首を自分の丹田《たんでん》めがけて巻き込むように力を込めると、男は平八郎の体側で宙を一回転、背中から長床几にびたあっと叩きつけられ、へし折れた床几の足ごと土間に落下した。

平八郎は巾着の中から一分銀を二枚取り出し、もう一つの長床几に載せると、口を開けたまま固まっている亭主に声をかける。

「騒がせて悪かった。これで修理の足しにしてくれ」

それから土間で伸びたまま動けない二人には、

「六道丸の使いじゃないなら、おまえたちに用はねえ」

言い捨てて戸口に向かう。

がらっと障子戸を開くと、真正面に射るような目つきをした男が立っていた。

中肉中背だがざんばらと伸ばした頭髪を、頭の後ろに寄せて一つにまとめている。胸元を大きくはだけた小袖の上から、白地に黒く大小の卍《まんじ》柄が染め抜かれた羽織を肩に掛け、無腰だがなかなか隙《すき》はない。

「どこ行くねん」

「誰だ、おまえは」

平八郎が聞き返すと、男は唇の右端を引きつれたように上げた。

「わいが聞いとんねん。呼ばれたさかいわざわざ来たったんやないか。それとも子分を可愛《かわい》がってくれた礼でもして帰ろか」

「本当に、六道丸の手の者か？」

口は吊り上がったまま、男の目から揶揄《やゆ》の色が消えた。

「今度その名を口にしたら、刺すぞ。聞いてるのはわしや。わかったか」

平八郎は店内にちらと目を戻し、答えた。

「わかった。金なら用意する。俺を一刻も早く脱《ぬ》けさせてくれ」

「ふけたがっとるのは垣外の者やと聞いたがな」

「それは俺との間に立った男だ。もともと三郷を離れるつもりはなかったが、事情が変わって、急に仲立ちを探す破目になったからな」

平八郎は卍の男に同意を求めるように作り笑いをして見せたが、男はじっと平八郎から目を逸《そ》らさず、

「事情が変わったとは」

「誰にもばれてないつもりの仕事が、どういうわけか見られていたらしい。町中の高札に俺の人相書が張り出されちまったのさ。なにしろこの形《なり》だ。どこへ行っても目立つから、もう三郷には

いられねえ」

平八郎は一歩進み、店の敷居をまたいで外に出た。

「頼む。あんたらならでかい船を持っていると聞いた。なんなら、あんたらの仕事を手伝ってもいい。あんな奴らより俺一人の方が十分役に立つぜ」

「そこで止まれ」

あくまで卍は冷静だった。

「右の腕をめくってみな」

「右腕……なんでだ？」

「もう一度口答えしたら、この話はなしや」

平八郎は右の袖を、肩までめくった。ずいぶん古傷だが二の腕の肩口から肘《ひじ》にかけて、皮膚が裂けた痕がぎざぎざと残っていた。

卍の男は懐から半紙を取り出して開き、まじまじとそこに書いてあることを確かめだした。なんと、男が持っているのは高札に張られていた張り紙だった。

「笠屋喜四郎《かさやきしろう》……これがおまえの名か」

「ああ。だが本名は気に入らなくてな。どうせならその、二番目に書いてある……」

「喜四郎。明日の夕方までに五十両、用意できるか」

いきなり本題に切り込まれた。

「え？　あ、ああ。大丈夫だ……五十両なら、大丈夫だ」

「よし」男は張り紙を二つに畳み、平八郎の目の前でぴりっ、ぴりっと破き始めた。

「明日の暮れ六つ。五十両を持って新川《しんかわ》の坊主河岸《ぼうずがし》に来い。舟が現われたら船頭に蛟《みずち》の東五《とうご》から託《ことづ》かってきたというんや。それでおまえを運んでくれることになっている」

「金は誰に渡す？」

「母船《おやぶね》に乗ってからでええ。船頭は何も知らん。ただ決められた刻限に客を乗せ、言われた場所まで連れて行くだけのこと。これで明後日の朝には、誰も追ってこれぬ海の上だ」

「ありがたい」頭を下げると、蛟はまだ平八郎の顔を覗き込んでいる。「ん？」

「辻斬りは、どれくらいやった」

まだ何か探ろうとしているのか？　平八郎は用心深く答えた。

「さあ、まだ二人……いや、三人か」

「わしに嘘が通じると思うな」

蛟はにたりと笑った。

「その顔が二人や三人しか斬ってへん面《つら》かよ。わしを甘《あも》う見るんやない」

蛟は一瞬で笑顔を消し、

「刻限には構えて遅れるな。暮れ六つの鐘が鳴り終えるまでに桟橋におらんかったら、わしらが顔を合わすことは二度とないと思え」

そう言い残すと、嘉十の店の前を西へさっさと歩き去って行く。そのあとを我に返った手下が二人、店の中から飛び出して、平八郎には目もくれず、蛟の後を追っていった。

「首尾良う運びましたな」

蛟の姿が十分見えなくなってから、墓地に向かって歩き出した平八郎の傍らに、いつの間にか左次が寄り添った。

「まだ六道丸の尻尾を捕らえたわけじゃない。見ただけだ」

「わかっとります」

嘉十の店を出て間もなく日は沈んだ。道頓堀に向かう墓地の中は、足下に霧が溜まり始め、文字通り幽明の境を行くが如《ごと》きである。確かに左次がいてくれてよかったと、心の底からほっとした。

ちんちん。かんかん。ちんとちんてちん。

祭の宵宮で打ち鳴らす鉦の音が、町のあちらこちらから聞こえてくるようになった。

とんからたった、とんとん。とんからたった、とんとん。

太鼓の音も負けじと大きく響き始める。

「今日はこれでいい。おまえは明日に備えてゆっくり休め」

道頓堀で一気に増えた人の波に、押し流されそうになりながら平八郎は左次に声をかけた。

「旦那はどうなさる」

引き離されていく左次が大声で聞き返すので、平八郎もつい大声になった。

「俺は今夜は宿直《とのい》だ。明日に備えていろいろ段取りも決めねばならんしな」

だがその返事を左次が聞いたかどうかは、確かめることが出来なかった。
明日は船渡御。
六道丸を一網打尽にする、最初で最大の機会がやってくる。
平八郎は、確実に六道丸を生け捕る決意を新たにした。

十一

祭り囃子《ばやし》は奉行所に戻っても、どこかから聞こえてくる。恐らく宵宮の今夜は一晩中、町のあちこちで鳴物が鳴り続け、地車《だんじり》が走り、そうして朝を迎えるのだ。

ただし奉行所の中は静かなもので、宿直の当番たちもそれぞれの部屋で粛々と自分の職務をこなしている。平八郎が盗賊吟味の部屋の戸を開けると、この中にもまだ灯《あか》りがあり、文机で書き物をしていた佐野甚兵衛と目が合った。今度は平八郎が、少し驚いた。

「戻っていたのか」

「戻りますがな。ちゃんと調べを終えたら戻るて書いときましたやろ」

「ああ」平八郎は上座に座り、曖昧な返事をする。実は甚兵衛の書き置きを最後までちゃんと読んでいなかった。「さすがに日が暮れては、もう帰ったと思っていた」

「そら正味《しょうみ》な話、そうしたかったですけどな」

甚兵衛は筆を置いた。本当は出かけた後、もう奉行所に戻る気になれず、馴染《なじ》みの飲み屋に入る寸前まで行ったことは黙っていた。これだけ町が浮かれているのに、なんだか自分だけ損をしている気分にもなったからだ。だが、今日知ったことは、やはり今日のうちに誰かに話しておきたかった。

いや、大塩平八郎に話しておくべきだと思った。

「ここで六道丸絡みの調べ書きを見ていて、すぐわかりましたわ。これを書いた奴はその場を見とらんなと」

「そうなのか」

「そうとしか思えまへん。たとえば六年前に襲われた鳥羽屋は家紋が片喰《かたばみ》やのに、調べ書きには松と書いたりました。こんなん、直に行って蔵の印を見たらすぐわかることや。私は妹がこの近くに嫁いどるんで、鳥羽屋の看板はよお覚えてたんですが」

「大方、同心が調べてきたことを与力がまとめたんだろう」

確かに、与力は奉行所で配下の同心に指示はするが、与力自身が事件の現場に出てくることなど滅多にない。だが甚兵衛が訴えたかったことは、そこではなかった。

「とにかく、これを読んでいて気になったのは」

「その前に一つ」平八郎は甚兵衛の話を途中で遮った。「礼を言わせてくれ」

「礼……⁉　誰が？」

「俺が」

「誰に？」

「おまえにだよ、甚兵衛。おまえのおかげであの捨訴を書いた者がわかった」

「子どもでしたやろ」

「その通りだ。俺がいろいろ考え過ぎていた」

「そやからそれはそやて言いましたやん」甚兵衛はその話題にはまったく興味がなさそうであった。「ほいで、なんで大塩様が私に礼を？」

「もういい。先に話を進めてくれ」

甚兵衛は調書を読んで、六道丸に襲われた店がいまどうなっているかに興味を持ったという。たとえば六道丸が最初に三郷に現われた六年前。襲われたのは堂島の米問屋鳥羽屋茂兵衛《もへえ》だが、このときは店に火までつけられたため、辺り一帯を巻き込む大火事になった。

ただその事件のあと、鳥羽屋はどうなっているのか、調書には一切言及がない。犯人は六道丸の仕業と断定されたが、そこから先は何も書き足されていないからだ。それは三年前の事件も同様だった。

この調書を読んでいて次第に甚兵衛はいらいらしてきた。知りたいことが何も書かれていないと感じたのだ。

柄にないことだと、自分で言い聞かせた。が、抑えようとすればするほど、好奇心の方が膨れあがる。こんなことは同心生活に入って三十年、ほとんど初めてのことだった。

「それで、町に出かけて調べたってのかい」

「へえ」

「そいつはおまえ」平八郎は意外そうな目で甚兵衛を見遣《みや》った。「同心の仕事だよ」

甚兵衛はと胸を衝《つ》かれる思いがした。

「いや、私は」

単に、ついていないのだと思っていた。

いま自分の口で平八郎に説明するまで。

東町奉行所で最も嫌われている、それが言い過ぎなら誰からも敬遠されている与力の配下に付けられ、そんな男と二人きりで部屋の中で過ごす羽目になるとは、まったくなんて悪月だと思っていた。

だから何とか外に出る方便を考えたかったのだ。調書に疑問？　いやいやいや、そんなの後付けの理由に決まってるやないかと、そう今夜、馴染みの店で女将を笑わすネタにするつもりだったのに。

だがなぜだ。いま平八郎に少し認められた気がして……。

ちょっと嬉《うれ》しい。

「それで。何がわかった」

「へ、へえ。火元の鳥羽屋は全焼しましたが、その跡地に店を建てたのは相模屋仁兵衛《さがみやにへえ》という商人でして、このとき新たに問屋組合に入った男です」

「それまで別の商売をやってたってことか。鳥羽屋の縁者とか何かか」

「最初は周りの者も皆そう思てましたんや。なんでか言うたら家紋がほとんど同じ片喰やさかい。けど鳥羽屋と関わりのある者に聞いていったら」

そう。これからが平八郎に聞いてもらいたかったことだ。甚兵衛は軽く上唇を舌で舐《な》めた。

「この男、火事の前までは杣屋の筆頭番頭を務めてたそうです」

「杣屋だと⁉」

「へえ。店の名前は変えてますけど、中身はほぼ暖簾《のれん》分けですわ。つまり、鳥羽屋と杣屋がもともとよお似た片喰の家紋を使こてたんでややこしかったんです。それから三年前、北船場の小間物屋、神津屋治三郎《こうづやじさぶろう》一家が襲われたあとも」

「杣屋が手に入れていたか」

「こちらは杣屋とは直に関わりのない商人が入っとりました。業種も違いまっさかいな。けんど、これ見とくなはれ」

甚兵衛は聞き入る平八郎を見るうち、だんだんと自分も昂揚《こうよう》していく感覚を覚えていた。さっきまで書いていた覚え書きを手に、平八郎の前まで進み出る。そこには今日自分が調べ上げた人物関係、時間の流れが要領よくまとめられていた。

「奉行所に戻って届けを調べたら、本町に久代助が小間物屋の店を出したんは、神津屋の事件のすぐ後とわかりました」

「む」

「神津屋は小間物屋としてはでかい仕入れ筋をいくつか持っとりましたが、それを久代助はまるまる受け継ぐ形で、店に勢いをつけとりまして」

「つまりこれも六道丸が神津屋を襲ったことで、杣屋が受けた利得か」

そして九日前。大増屋が襲われ、杣屋は大増屋の土地を堂々と手に入れようとしている。

「まるで六道丸と杣屋が示し合わせて動いているようだな」

「それに関しては、実はこういうことも」

甚兵衛は指を舐めて半紙をめくった。平八郎が一瞬顔をしかめたことも、いまのこの男はまったく気づかなかった。

「いまから八年前。杣屋は江戸への積荷を海賊に全部奪われたっちゅう届け出がありまして」

「なんだと」

「このとき私は書役やったんでよお覚えてるんです。なんでも届け出では三千両からの損を出したと。それで私もびっくりしてしもて、あとでちょっと算盤《そろばん》弾いてみましたんやけど」

甚兵衛が示した半紙の部分には、細かい数字が羅列されていたが、正直、平八郎には意味がわからない。

「つまりどういうことだ」

「ちゃんとここの数字見てもろてます?」

「見たから教えろ。どういうことなんだ⁉」

甚兵衛は不満の鼻息を漏らしてから、続けた。

「簡単に言うたら、当時の杣屋の商いの規模を概算すると、三千両も損を出したら店の浮沈に関わる話になるちゅうことですわ。それやのに、杣屋はそのあとたいした苦労もせんと、逆に店も業種も増やしとる。言い方変えたら、杣屋は海賊に襲われて太った。その事実を、ここにこうやって数字で書いてますのに……」

「つまり、何を言いたい」

「私に言いたいことなんかあらしまへん。私は調べたことをなるべく間違いのないよう、上職に見せるだけです。それを元に言いたいこと言うて、やるべきことをやるのは、大塩様のお立場の仕事やないんですか」

――こいつ。

平八郎は心の中で唸った。

完全に見立て違いだった。この男がこれほど有能な人間だったとは思いもしなかったからだ。なのにどうしていままで、こんな才能がくすぶっていたのか。

「甚兵衛」

「へえ」

「いい仕事だ」

「おおきに。ありがとうございます」

甚兵衛は一膝あとずさり、その場に平伏した。なぜか、涙が堪《こら》えられなくなってきた。

「間違いない。あらゆることが、杣屋と六道丸の繋がりを示している」

「へえ」

涙を見られるのが嫌で、甚兵衛はまだ体を起こさない。

「俺が調べを始めたときは、杣屋が奉行所の誰かに賄賂《まいない》を握らせ、御政道を自分に都合よく曲げるよう働きかけている、せいぜいそんな目算だったが」

平八郎は腕を組んだ。

「調べれば調べるほど、奴の正体が化け物じみてきたな」

考えてみれば、最初に六道丸が三郷を襲った鳥羽屋襲撃事件。この際に出た火事で、喜兵衛は妻と店を失い、鶴吉は親を亡くした。

息子は親の金で道楽の限りを尽くし、欲望の赴くまま、数多《あまた》の若い女を毒牙にかけて恬然《てんぜん》としている。

いったい、あの親子はどれほどの災厄をこの町にもたらしたのだろう。そして、これからどれほどの災厄をこの町にもたらすのか。登世が望んだ小さな正気。罪を犯した者への真っ当な裁きは、果たしてこの災厄を防げるのだろうか。

平八郎は小さく溜息をついた。そして、ぽつりと漏らす。

「だが、ここまでだな」

「へえ。ここまででございます」

甚兵衛も平常心に戻った顔を上げた。

「私が調べた話は全部周りから聞いたこと、噂の類《たぐい》を寄せ集めて、こういうことやないかと組み立てたものです。当事者からは何一つ直に聞いておりまへん」

「そりゃそうだろうよ」

話を聞きたい人間は全員死んでいる。だが、

「よくやった、甚兵衛」

「は?」

「明日、俺は六道丸を縄にかける。返し刀で久代助も引っ張る。どちらの口が割れても徳兵衛は終わりだ。奴にもう逃げ場はねえ」

「ほ……ほんまでっか⁉」

甚兵衛は心底驚いた表情を見せた。

「ほんまに、そんなことが……でけるやろか」

「でける、じゃなくて、やるんだ。俺とおまえで」

「へ？」

虚を衝かれてうろたえた甚兵衛は、ついまともに平八郎を見上げてしまった。平八郎はいつもの仏頂面で、しっかりと甚兵衛を見つめていた。

「何をとぼけた顔してやがる。おまえは俺の相肩《あいかた》だろうが。助けてもらわんと困る」

甚兵衛は顔を上げたまま、頬を流れる涙を止められなくなってしまった。


翌朝。奉行所で一夜を過ごした平八郎は、明け方に一度仮眠し、明け六つ（午前六時頃）にはもう目を覚ましていた。

目が覚めると同時に、昨夜練り上げた六道丸の捕縛に選んだ同心、与力の名簿を書き上げ、紹芳の裁可を得ることにした。どのみち紹芳には、もう一つ頼まねばならないこともある。

五つ（午前八時頃）過ぎ、平八郎は弓の間で紹芳に、今日行う六道丸捕縛作戦の概要を説明していた。

これは平八郎自身が囮《おとり》となって六道丸の船に乗り込み、平八郎を追ってきた小者《こもの》がその場所を確認次第、捕方に連絡してその出動を導くという段取りだ。

重要な問題は二つ。この計画では平八郎が乗り込むまで六道丸の船を特定できないことと、その碇泊地によっては、奉行所からの距離が遠くなりすぎる可能性が生まれる点にある。

これへの対応策は、まず目標の船を知っている船頭の口を割らせ、乗り込む前に六道丸の船を特定することを考えていた。そうすれば、援護が来るまでその船を外から監視しているだけですむ。味方と合流すれば堂々とその船に乗り込めばいいわけで、平八郎にとってもっとも危険の少ない方法だろう。

もう一つの問題は、捕方をどこに待機させておくかだ。実はこちらの方が深刻で、六道丸の拠点が水上と推定できる以上、もし河口に近い場所に碇泊されていれば、左次が奉行所まで戻ってそれから出動ではいくらなんでも時間がかかり過ぎる。

そこで平八郎は、捕方を九条島《くじょうじま》の先端にある船番所に待機させることを提案した。九条島は中之島《なかのしま》の先にある大きな洲《す》で、大川はここで安治川《あじかわ》と木津川《きづがわ》に分流して海へと向かう。

ここに捕方を待機させておけば、敵が安治川から逃げようとしても、木津川から海に出ようとしても、どちらにでも迅速に対応できる。少なくとも報《しら》せに走る左次の負担はかなり軽減できるだろう。

「わかった。船手《ふなて》奉行に要請して、船番所が使えるよう手配しよう」

「お願いいたします」

平八郎は六道丸捕縛の段取りを一通り説明し終わると、いよいよもう一つの案件を持ち出した。

だがいままで黙って聞いていた紹芳も、この件には少々戸惑ったようだ。

「久代助をもう一度捕縛する？　なにゆえか」

「新たに久代助を訴える者が出てきたからです。周りの者からも話を聞きましたが、十分に信用できる内容だと思います。どうか吟味の御裁可を」

「今度は間違いないのか」

「間違いありません」

「捕縛はいつ行うつもりか」

「今日、六道丸を捕らえることがかないましたなら、今夜にでも」

「今日……」

それを聞いて紹芳はしばし宙を仰ぎ、何か考える様子であったが、

「わかった。ただしいまは何事も六道丸を優先に定めることとせよ。よいな」

「承知　仕《つかまつ》りました」

平八郎は平伏した。


その足で平八郎は組頭の大町休次郎に、紹芳と同様の説明を行い、彼が作成した名簿を元に、六道丸捕縛の人数を用意するよう要請した。

奉行が裁可を与えた作戦に否やも何もない。それに久々の出役とあってか、休次郎は若干興奮

の色を見せた。彼もまた町方与力の血が騒いだらしい。出役は町人たちに自分の存在価値と活躍を誇示できる、最大の場なのだ。

さらに平八郎は勘定方を回り、今日の捕物に使う金子五十両を受け取る。これもまた奉行の裁可があってこそのことだ。ただし、これを全額奪われて六道丸まで取り逃がすようなことがあれば、この金は自分で弁償しなければならない。

かくして奉行所の中を一巡りして部屋に戻ると、甚兵衛が出仕していた。

「いよいよ、打込みですな」

たった一日で、甚兵衛はすっかり手練《てだ》れの同心になったような口ぶりである。平八郎が笑いを噛《か》み殺しながら今日の段取りを明かすと、

「なるほど。捕り手を船番所に配置しておくとは、ええ手や」と腕を組んで頷きつつ「あの船番所のすぐ下《しも》が御旅所《おたびしょ》やさかい、船渡御の混雑もほとんど気にせんですみますしな」などと言わでものことを言う。

御旅所は、天満の天神が渡ってきて仮宮《かりみや》とされる場所で、九条島の船番所からやや木津川の下流に下ったところにあった。

ここへ天神の宿る神輿《しんよ》を乗せた船が天満宮から渡ってくる、つまり渡御してくる行程が船渡御で、これに様々な趣向を凝らした多数の供奉《ぐぶ》船が入り乱れて同行し、川の上に出現した神輿の行列を見る賑やかさと華やかさが、この祭の見所となっていた。

そのため当日は、この御旅所から天満天神まで、すなわち大川一帯は船が溢れ、普通の水運に

支障をきたす。六道丸が無事に逃げることを考えているなら、九条島より上流に船を置くはずはないのだ。

「それで私はどないしましょ」

甚兵衛に聞かれて平八郎は言葉に詰まった。

「どない……とは」

「いつ、船番所に行ったらええかと。大町様と一緒に行けばよろしおますか」

「捕物に、出るつもりなのか？」

「え？　ほなら私は今日ここで何を？」

考えていなかった。

六道丸捕縛はこちらに人数の利があるとはいえ、実際に現場に立てば全員が無事で帰ってこられるとは限らない。相手は人の命なぞ何とも思っていない集団なのだ。

だからこそ名簿には大町始め、この奉行所で剣術の能力が高いとされている者の名前を拾い上げて羅列した。ただし、当然そのなかに甚兵衛の名前は含まれていない。

人には得手不得手というものがある。平八郎の知る限り、甚兵衛に剣の素養というものはほとんど皆無。これが彼を六道丸の捕縛から外した理由だ。

「おまえは今日はしばらくここで、連絡役になってもらうつもりだが」

平八郎の言葉に甚兵衛は、

「あ、はあ……そうでっか。ほなら仕方ありまへんな」

と、返したが、その顔には一瞬、安堵の色も浮かべたようである。

大町休次郎はさすがに組頭を務める与力だけあって、平八郎の依頼を受けてから一時《いっとき》（約二時間）で、平八郎が選んだほとんどの与力を奉行所の裏手にある武道場に集め終えた。

休次郎に呼ばれた平八郎が道場の中に入っていくと、鹿島《かしま》大明神と香取《かとり》大明神、二柱の神名が書かれた軸の前に正座していた休次郎が声をかけてきた。

「どうだ、平八郎。怪我や病気で休んでいる者を除いて、おまえの望んだ人間を集めたぞ」

休次郎が満足げに見回す道場の中には六人の与力、うち四人は他の組から呼び出された者であったが、彼らと、彼らの配下同心二十人ばかりが集まり、打込みに備えて鎖帷子《くさりかたびら》の大きさを確かめたり、手甲を締めたりしていた。すでに準備を整え、道場の端で軽く素振りをしている者もいたが、大半は道場に胡座《あぐら》をかき、組頭の次の指示を待っている。

「六道丸の一味を仮に十人とすれば、この人数でも三人一組で対応できる。多少敵の数が上回ったところで、まず後れは取らんやろ」

「わかりました。私ももうすぐここを出ますが、大町さんの頃合いは」

「八つ（午後二時頃）過ぎから一人か二人ずつ、目立たぬよう平装でここを出て船番所に入り、向こうで防具を着込む。七つ時（午後四時頃）にはすべて移り終えている目算だ」

休次郎はよく発達した力瘤《ちからこぶ》を誇示するように腕をまくり、剣を振り下ろす動作をした。

道場から盗賊吟味方に戻る途中で、ちょうど平八郎を探しに来た取次役の同心に呼び止められた。

「女の、客だと?」

「依井登世殿と申されましたが、いま玄関の方でお待ちしてはります」

どこか下世話な響きを含ませた声で、同心は上目遣いに平八郎を見る。

「俺はいま多忙であると言ったか」

「申しましたが、何やら直にお渡ししたいものがあるとかで」

平八郎は鼻から一つ息を吐き、大股で玄関に向かった。

式台の向こうに登世の後ろ姿が見えた。薄紅梅の小紋を着た肩先から腰にかけての輪郭がなだらかな丸みを帯び、文庫結びの帯できゅっと締められている。男ならその優美さについ見とれてしまいそうだが、平八郎は眉根を寄せたまま声をかけた。

「登世殿」

振り向いた登世の顔は、一瞬光を放っていたかと思えるほどに見えたが、平八郎の気配に気づいたか、すぐにその気を体内に退いた。

「何用で参られた」

「お忙しいところ、不躾《ぶしつけ》にお訪ねして誠に申し訳ありません」

「それならば察していただきたかったが」

「私もそのように、取次の方にそう申し上げて、お届け物だけお預けして帰ろうと思ったのですが、取次の方がすぐお呼びしてくるからと、勝手に帰られたりしてはあとでどのような叱責を賜るかもしれないので、屹度ここでお待ちありたいと言われて」

なんだかさっき聞いた話と違うと思った平八郎は、取次部屋の方に顔を向けたが、様子を窺っていたらしい同心は慌てて顔を引っ込めた。

「届け物とは」

「あ、そうでした」

登世は左手に載せていた小鉢を式台の上に置き、かけていた布巾を取り去った。中にはいかにも新鮮そうな、ひとつかみの蜆《しじみ》が入っていた。

「蜆？」

「今朝、小僧さんがうちの方に売りに来たので買ったのです。いかにも活きが良かったのでつい買い過ぎたのですが、うちは私と父しかおりませんし、蜆は精が付くとも申します。それで……よろしければ大塩様にお裾《すそわ》分けをと」

平八郎は即答であった。

「いらん」

「あ」

平八郎は立ったまま、登世を見下ろして続けた。

「俺は一番最初におまえさんに言ったはずだ。役人の心を金品で操ろうとする者は誰彼構わず叩き出すと」

「でも蜆は」

「蜆だろうと浅蜊《あさり》だろうと、たとえ一個でも役人たる者がゆえなく町人からものを受け取るわけにはいかんのだ。ましておまえさんは俺がいま関わっている訴えの一方の当事者ではないか」

登世は平八郎をまんじりと見つめていた。その目が少し揺らいで見えたのは、必死に涙を堪えていたせいかもしれない。もちろん蜆には、彼女が平八郎に説明した以上の意味はない。わずかな蜆で人の心など操れるはずもなく、端から聞けばこんな滑稽《こっけい》なことを、大真面目な顔をしてわざわざ言う男なのだ。大塩平八郎という男は。

登世は、初めて平八郎に会ったときの印象が正しかったことを認識した。彼は自分の正義のために他人を傷つけても平気、が言い過ぎだとしたら、自分の正義で他人を傷つけても気がつかない男なのだ。

父も己の正義感から出た行動で、結局、母を苦しめた。だが病に倒れた母は登世に、決して父を恨んではいけないと言い残して逝《い》った。母は、それでも父のことが大好きだったのだ。

「申し訳ありませんでした」

突然、登世は深々と頭を下げた。

「私の心得違いのために、大塩様の大事なお時間を使わせてしまい、なんとお詫びしていいか」

「わかってもらえれば、いい。今日は捕物がある。念のため明日まではどこにも出かけず、家で過ごされよ」

それだけ言い残し、平八郎は踵《きびす》を返して奉行所の中に戻っていく。

登世はその後ろ姿になおしばらくの間、顔を上げられずに頭を下げていた。

大町休次郎が、最初の捕方同心と与力を船番所に向けて送り出した頃、本町杣屋でも、ある密談が行われていた。

店奥の裏庭を横目に見る渡り廊下の突き当たり、離れのようだが実は店の主、久代助の部屋である。店舗のある母屋から距離を置いて建てられたのは、久代助が時々ここに直接女を呼び込むこともあるためだった。

だがいま久代助の前にいるのは、この店の用心棒として居候している二人の男、西村勝五郎《にしむらかつごろう》と古田孫七《ふるたまごしち》である。

勝五郎と孫七の前で腕組みした久代助は、深い溜息を吐いた。

「まさかこないなことになっとるとは、全然思とらんかったわ」

「あの女が訴えることなぞ、絶対にあらへんてぼんは言うてなかったか」

面長で頰骨の高い勝五郎が聞き返した。

「そう思てたんや。金は受け取りよらんかったが、普段から武士の娘や言うて気位だけは高かったさかいな、町人にやられたとは恥ずかしゅうて、口が裂けても他人には言わんやろうと」

「何にせよ、このままは放っとけんやろ。これが表沙汰になったら、大旦那はぼんのこと、もう許さんかもしれませんで」

怒り肩で全体の骨格も、座るとどこか真四角に見えてしまう古田孫七が囁くような低い声で、久代助の覚悟を質《ただ》した。久代助はもう一度嘆息した。

「あほやなあ。わざわざ訴えるような真似さえせんかったら、まだほかにやりようもあったのに。こうなったら、ほんまに消えてもらうしかないやないか」

呟いてから久代助は、勝五郎に顔を上げた。

「勝五郎、これから六道丸に繋ぎにいってもらえるか。二人、余計に消すことになったさかい、あとの脱けを頼むと」

「二人？」

聞き返した勝五郎に久代助は答えた。

「親父だけ残していくわけにもいかんやろ。それにあの親父は岡山藩の討手持ちやて、自分で言い触らしてた男や。そろそろ務めを果たしてもらおやないか。その岡山藩に」

久代助は、そこだけは父親とよく似ている、冷えた笑みを浮かべた。

十二

平八郎《へいはちろう》が出役《しゅつやく》の備えを進める間も刻々と時は過ぎ、ほどなく七つ（午後四時頃《ごろ》）になろうというところ。

しんがりで奉行所を出て行く休次郎《きゅうじろう》を玄関で見送り、部屋に戻ろうとしてふと、足下に目を留めた。

式台の一番外側の縁《へり》に、蜆《しじみ》が一個、落ちている。

なぜ、こんなところに……と、考える前に思い至った。これは落ちていたのではない。わざわざ一個、置き残されていったのだ。

登世《とせ》の仕業に違いない。

しかし平八郎には、登世にああ答える以外の選択肢はなかった。物心ついた頃から育ての親となった祖父に、公の立場にある者は私の立場にある者との間に一片の疑いをも持たれるようなことがあってはならないと、厳に戒められてきたからだ。

さらに祖父は、人の厄難を救うという際、己《おの》が心の波立つかどうかを見定めよとも言った。心が波立つとはそれすでに、動機が欲望に根ざしている。欲望のために人を救うくらいなら、むしろ救うべきでない。役人が民のために行う行為は誰《だれ》が見ても公平無私でなければならず、いかなる意味でもそのことで見返りを得てはならないのだと。

こんな理屈を子どもの頃から叩《たた》き込まれてきた平八郎は、登世が示してくれた気持ちなど、そもそも理解さえ不能だった。だが……。

平八郎は腰を落とすと式台の蜆を指の先でつまみ、それを手のひらに置いて暫《しば》し眺めてから、袂《たもと》に入れた。

これはここに、なぜかたまたま落ちていたものだ。落ちていたものを拾うのに、何ら利得のあるはずがない。自分にはそう言い聞かせた。


昨日と同じ黒の着流しに着替えた上で盗賊吟味方に戻ると、急に登世の身辺はこのままでいいのかどうかが気になってきた。

今日は朝から六道丸《ろくどうまる》捕縛の段取り一色で動いていたこともあるが、決してそのことを気にしなかったわけではない。ただ、登世が奉行所に訪ねてきて以降は、意識的に彼女のことを頭の中から追い払おうとしていた。そのため対応が一番後手になった。

それでも、いよいよ出役の直前にこれほど気にかかり始めたのは、もしやあの蜆を拾ったせいか。

「どうしはりました」

平八郎が妙に落ち着かなげな態度を見せていることに気づいた甚兵衛《じんべえ》は、声をかけた。

「いま奉行所に残っている連中に、腕の立ちそうな奴《やつ》がいない」

「そらそうですやろ。そんな人は全部ご自分で六道丸に向かわせたやおまへんか」

「まあ、それは……そうなんだが」

「三十人ではまだ足りんと？」

「いや。そうではない」

平八郎は登世の警固に誰か回したいのだと説明した。もちろん甚兵衛は、登世が何者かを知っている。

「久代助《くしろすけ》を捕まえるまでどこか余所《よそ》に身を隠したらどうかとも勧めたが、それは断られた。俺《おれ》もそのときは道楽息子の不行跡を処断する程度のことと軽く考えていた節もあったが」

甚兵衛も相槌《あいづち》を打つ。

「杣屋《そまや》の正体が思てたより危ない奴になってきましたからな。もし久代助が、そのお登世はんの方に、何か仕掛けてきたら」

「薄い線だとは思うが、まったくない話とも言い切れん。現に三日前、しょっぴいた久代助がすぐ解き放たれたのは、羽鶴《はねつる》の女将《おかみ》が脅されたか金を摑《つか》まされたか、恐らくはその両方だろうが、杣屋に手を打たれたからに違いない。用心に越したことは……」

「私が行きましょ」

平八郎が話し終える前に、甚兵衛が答えた。

「え？」

「そういうことなら、私でも十分御役に立てまっしゃろ。要は案山子《かかし》みたいなもんですやん。万一、久代助がお登世はんに誰か差し向けても、その近くに同心の格好した奴がうろうろしてたら、おいそれとは近づけん」

確かに一理ある。それにあくまでこれは念のための処置だ。

「行ってくれるか」

「喜んで。町人を守るのは奉行所の仕事だす。そしたら私もやっと」

甚兵衛は胸を張り、薄黒い前歯を見せて、にいっと笑った。

「堂々と同心を名乗ることができまんがな」


こんなやりとりの後、平八郎が奉行所を出たのは七つ下がり（午後四時過ぎ）。約束の暮れ六つ（午後六時頃）までは、もう一時《いっとき》（約二時間）を切っている。そんなところへ、

「大塩《おおしお》様やありまへんか」

城の堀を左手に、上本町《うえほんまち》筋に繋《つな》がる幅の広い道を足早に南に向かっていると、追手口《おうてぐち》の前で呼び止められた。

平八郎は黒塗りの竹編笠《たけあみがさ》を手で少し持ち上げ、視界を広げた。

なだらかな坂になった追手門の方から、風呂敷《ふろしき》包みを背負わせた丁稚《でっち》を一人従え、薄茶の羽織を着た徳兵衛《とくべえ》が、笑みを湛《たた》えて近づいてくる。

「先日は手前の不調法で、えらい御不興を蒙《こうむ》り、ほんまに申し訳のないことでございました」

徳兵衛は平八郎の前で、ゆるゆると頭を下げた。

「杣屋か。この通りにおまえの店はないはずだが、妙なところで会う。それともおまえの商売相手は、あの城の中にでもいるのかい」

顔を上げた徳兵衛の笑顔は微塵《みじん》も揺るがず、

「へえ、おかげさまで手広う商いさせていただいとりますよって、御城でもお奉行所でも、私のような者をご贔屓《ひいき》にしていただいてるお方はいらっしゃいます。あ、そや」

悪びれもせず徳兵衛は、いま思いついたとでも言わんばかりの大げさな顔を作り、

「大塩様なら手前ども、格別のご贔屓にさせてもらいます。百両でも二百両でも……いや、五百両までなら無利子でお貸しいたしますけど、どないでっしゃろ」

「俺に五百両、ただで貸すってのか」さすがに呆《あき》れ顔で、平八郎は顎《あご》をさすった。「見返りは何だ」

「見返りなんて、滅相もない」

徳兵衛はさらに大げさに、顔の前で手を振る。

「これは私の満足のためやと思てください。正味な話、この大坂で頼むに足るお武家様は片手に数えるほどもおられませんが、あなた様はその数少ないお一人やと思てます。その方のため少しでもお手伝いできることがあれば、私はそれだけでもう申し分のないことで」

「うまいことを言ったつもりか」

編笠の縁を持ち上げたまま、徳兵衛に体を向けると、

「だったらおまえの家族と奉公人の飯代だけ除《の》けて、残りの全財産、この町に住む浮浪どもに施してみたらどうだ。それが出来るなら、おまえの本気を信用してやってもいい」

言い放つ平八郎に、徳兵衛もまたやんわりと答える。

「さあ、それは……あんまり筋のええ話とも思えませんな」

「どうしてだい」

「私ら商人《あきんど》は、金は小さく得て、大きく育てるもんやと思てます。育つ金こそ生きる金ですさかいな。たとえば私らが大塩様にお金を使たら、それは必ず生きて育つ金となりますやろ。そやけど浮浪どもにいくら金を使《つこ》ても砂地に水を撒《ま》くようなもんで、その金は全部死んでしまいます。浮浪は皆、負けたことしかないからその身の上になっとるんです。商人は金を死なせることを一番嫌うもんでして、わざわざ負けた者に金を使うのは意味のないことやと心得とります」

「なるほど」平八郎は深く頷《うなず》いた。「つまり商人は金を生かすためなら、いくら人が死のうと平気ってわけか。もしかして大増屋《おおますや》は、その理屈で殺されたのか」

「は？」

「いや、こっちの軽口だ。悪いが先を急ぐんでな。いずれまた会おう」

そう言って再び歩き出そうとする平八郎に、徳兵衛は食い下がった。

「大塩様、あなた様が御政道に種々ご不満をお持ちのご様子は窺《うかが》い知っとります。私と組めば、私の金の力であなた様の思う改革がこの町で行える。そんな風には思わはらしませんか」

が、平八郎の答えは徳兵衛を当惑させた。

「俺は別に、不満なぞ持っちゃいないが」

「え」

「むしろ御政道がちゃんと行われていないことに不満を抱いてるのだ。たとえば、おまえのような悪党をふん縛《じば》れねえ、とかな」

「な、なにを……」

さすがに軽く狼狽《ろうばい》する徳兵衛。しかし平八郎、さらに構わず、

「俺はおまえの言う負けた者と付き合ってる方が、おまえなんぞと付き合うより遥《はる》かに気分がいい。浮浪が負けたことしかない連中だって？　上等じゃないか。てぇことは、そいつらはおまえと違い、いままで一度も人を傷つけたことのない連中ってことだ。本来の御政道とはそんな連中、民草をこそ守ることだと心得る。おまえみたいな奴らを守るのではなくてな」

平八郎は言い捨てて、唖然《あぜん》とする徳兵衛を後目《しりめ》に再び堀端を南へ歩き去っていった。

「旦那様《だんなさま》」

動かない主人の様子に、不安になった丁稚が呼びかけた。

「あの与力と仲良うしようなんて、本気で言うてはったんでっか」

「ああ……そうや」

徳兵衛は平八郎の去った方角を、まだ未練ありげに目で追っている。

「あんな強い駒《こま》を見て、自分の陣に欲しいと思わん男は勝負師やない」

本音であった。

八年前、自ら廻船《かいせん》に乗り込んで江戸を目指していた折、紀伊《きい》の沖で海賊に襲われた。あのときと同じ興奮が平八郎を見て、徳兵衛の身内に蘇《よみがえ》ってきたのだ。

あの航海の折は命を的に海賊の首領だった六道丸と談判に及び、いまこの船一隻の物資を奪い、自分を殺すより、生かして利用した方がこの先何倍も、何十倍もの利益を互いにもたらすことに

なると、火を吐く勢いで説得した。

徳兵衛の交渉術が功を奏し、六道丸と杣屋の間に秘密の盟約が成立。その結果、六道丸は三郷において望むままの金を稼ぎ、徳兵衛は六花撰《ろっかせん》の仲間となり、この町を裏から操る側に立つことができた。その最初の足がかりが鳥羽屋殺しであったことは、いまや徳兵衛と六道丸の二人しか知らない秘密である。

しかし徳兵衛はまだ、六花撰の中では新参としての役割しか与えられていない。彼はもっと大きな力を欲した。六花撰の仲間にも一目置かれるような力を。

もし平八郎という駒を手に入れることができれば、裏の六道丸、表の平八郎と二つの力を使い分け、一気に六花撰でも主導的な立場に立てる。そしてそれこそ彼が六花撰に入ることを熱望した理由でもあった。

だが、どうやらもう一足、見込みが甘かったようだ。自分だけが、あの男の命を救えたのだが……。

徳兵衛は深く息を吐き出し、ようやく反転すると、平八郎がいまやってきた方向に向かい、歩き始めた。


道頓堀《どうとんぼり》に達した平八郎は、その南岸を西に歩き続けた。今日もまた、祭の賑《にぎ》やかさが尾を引いた人混みは相変わらず。だが、何と言っても今夜の目玉は大川端の船渡御《ふなとぎょ》である。そのため人出の中心が川縁《かわべり》に移動したか、昨日の混み具合に比べれば、今日は多少ましといえよう。

人並みを分けながらも平八郎は時折、自分に向けられる視線を感じ、その都度、視線の先を確かめた。つかず離れず、そこに左次《さじ》がいる。今日は彼こそが平八郎の命綱であった。

闇地《あんち》の江田《えだ》へと通じる道の入口、角座《かどざ》の前も通り過ぎ、右手に大黒橋《だいこくばし》が見えてくるあたりで、道頓堀の目抜き通りも終わる。賑やかさは影を潜《ひそ》め、芝居小屋の灯《あか》りも途切れてくるからだ。

大黒橋の袂《たもと》には道頓堀川から南へ分流する新川《しんかわ》が接続し、そこに波吉橋《なみよしばし》という十間（約一八メートル）ばかりの橋が架かっていた。

橋が十間だから川幅はもっと狭い。何より橋の上から川面《かわも》までの距離もそれほど遠くない。平八郎はこの手前を左に曲がった。

この新川の正式名称は難波入堀川《なんばいりぼりがわ》という。この川の先にある難波御蔵《なんばおくら》と道頓堀を繋ぐため、享保《きょうほう》十八年（一七三三年）に開削された。

難波御蔵は数町先に望見できる。田んぼの真ん中に唐突に建てられた、松並木と白い塗壁に囲まれた広大な敷地を持つ十数棟の倉庫群は、日中なら見物客も訪れるほどの壮観である。この正体は八代将軍徳川吉宗《とくがわよしむね》が、飢饉《ききん》や災害に備えるべく造らせた米倉だ。

難波入堀川は、この御蔵から米を迅速に積み卸しするための水路だが、入堀は水の流れに乏しく、川が澱《よど》みやすい。川沿いを歩く平八郎は時折、蛙《かえる》の死骸《しがい》がそのまま干上がったような臭《にお》いが鼻をつくことに閉口した。

ただ右手の川岸は、背丈ほどにも成長した葦《あし》の茂みに邪魔され、川面の見通しは極めて悪い。左側は人家がほとんどなく、耕作地と野っ原が入り乱れて点在している。

さらにその向こうに築地塀《ついじべい》に囲まれた法善寺《ほうぜんじ》と竹林寺《ちくりんじ》の裏手が見え、その後背に広がる千日墓《せんにち》場の卒塔婆《そとば》が何本か確認できるものの、夕暮れ時のこの道は人通りも少なく、実に寂しい様子となっている。

そんなところに法善寺の方から、暮れ六つを報《しら》せる鐘が鳴り始めた。

陽《ひ》はすっかり沈んだようだが、まだ空全体には赤みが残っている。少しのんびりし過ぎた。急がねばならない。坊主河岸《ぼうずがし》はもうすぐそこだ。

と、五、六間先の葦の草むらからがさっと音を立て、浪人風の男が現われた。どうやらそこが坊主河岸の入口らしい。

とすると、あの男はいま別の舟で河岸に着いたところなのか。暮れ六つちょうどに現われる、六道丸まで導いてくれる舟はもう着いているのだろうか。

いや。坊主河岸とは名前こそ立派だが、この細い川に造られた、近在の百姓が対岸との渡しに使う程度の小さな桟橋のはずだ。そんなに何艘《そう》も舟を繫ぐ余裕があるとは思えない。

だとすれば、あの男も六道丸の一味に関《かか》わりある者か⁉

様々な可能性を頭で巡らし、用心しながらも平八郎は歩を早める。左次の視線はしっかり感じているから心強い。鐘はもう三つ目が鳴り終え、響きの余韻のみ広がっている。

浪人と平八郎は道の端と端で、いますれ違った。

平八郎は、どこかで見覚えある顔のように感じた。

ひょろりとした体格でやや面長。だが、もはや夕闇《ゆうやみ》濃く、はっきりとその表情を確かめるにはこちらも編笠をあげねばならない。当然、自分の顔も相手に晒《さら》すことになる。それは危険過ぎる。

男は歩に乱れもなく、平八郎に反応する気配も見せなかった。四つ目の鐘が鳴る。杞憂《きゆう》か。少し体内に止めていた息を吐く。

平八郎は坊主河岸の入口らしい葦の茂みに顔を突っ込んだ。

足下に葦を踏みしめて作った道があり、覗《のぞ》いた先には川面に突き出た板の桟橋が見えた。人一人も行き違うのに苦労するほどの細さだ。

その桟橋に、卍《まんじ》柄の羽織を着た蛟《みずち》の東五《とうご》が立っていた。桟橋の端には一艘の瀬取船《せどりぶね》が停船し、菅笠《すげがさ》をかぶった船頭が、小脇《こわき》にしっかりと艪《ろ》を支えたまま川の上流を向いている。その表情は菅笠の下の頰被《ほおかぶ》りでよく見えない。

「東五⁉」平八郎は驚いて声をかけた。「ここには来ないはずではなかったのか」

「喜四郎《きしろう》か。何とか間に合うたな」

東五は平八郎を見て、安堵《あんど》したようであった。

「別の筋で呼び出されてな。まあ、こっちの用件は済んだし、わしはもう帰る。おまえはこのまま舟に乗ればええ」

「帰る？　おまえは六道丸の仲間ではないのか」

東五は唇の両端を吊《つ》り上げた。

「六道丸とも付き合いはしとるが、仲間やない。わしはあくまで誰かを必要として江田に来た奴に、その誰かを繫げてやるだけよ」

六つ目の鐘が響き渡った。

「さあ、行け。舟が出るぞ」

栈橋の上で腹と腹を合わせてすれ違う東五に肩を軽く叩かれ、平八郎は二、三歩、踏み出した。

そのとき。

道の方から、さったったったっと、誰かの足音が近づいてきた。と、

「おおしおへいはちろおぉ〜〜っ！」

呼ばれて平八郎は振り向く。

茂みの切れ間から現われたのは、さっきすれ違った浪人だ。その頰骨の高い顔を見て、やっと思い当たった。

――あれは久代助の飼っていた犬か。

平八郎に頰骨で記憶されていた西村勝五郎《にしむらかつごろう》は、久代助に指示されて江田の辻《つじ》の仲立人、蛟の東五に会いに来ていた。六道丸に人脱《ぬ》けの相談をするときは、間に東五を立てることになっていたからだ。

その帰り道に平八郎とすれ違った。

すぐにわからなかったのは、平八郎が笠で顔を隠していたためだ。まして黒の塗笠で、いまはどこの景色もぼんやり薄暗く見える黄昏時。平八郎の笠の下は完全に陰となっていた。

数歩やり過ごしてから振り向いた。

その大きな背中を見た刹那《せつな》、突如、本町《ほんまち》杣屋の土間に投げ飛ばされた記憶が、その痛みとともに蘇ったのだ。

「そいつは東町《ひがしまち》の与力、大塩平八郎だ！　逃げろ、はよ逃げえっ！」

栈橋の根元で平八郎を指さし、叫ぶ勝五郎。

聞いた東五も船頭に腕を振りながら大声をあげる。

「離れろ！　はよ舟を出せ！」

船頭は素早く腰に身を入れ、艪をぎぃぃっと動かし始める。同時に舟は栈橋からぐうっと離れていく。

「待て！」

と、呼んだが後の祭。平八郎が栈橋の先端に達したときには、舟はもう数間先に浮かんでいた。

「むう」

切り替えて栈橋の根元に体を向けるや、俄然《がぜん》、栈橋の板を踏み抜く勢いで走り出す。

栈橋にもう東五の姿はない。平八郎が与力と聞いて、雲を霞《かすみ》と逃げ去ったのだろう。ああいう男は生き残る。代わりに頬骨の浪人、勝五郎が刀の柄《つか》を握り、栈橋の根元で待ち構えていた。

「平八郎、この間の礼を……」

抜こうとするより先に、平八郎は勝五郎の間合いに入っていた。

「えっ？」

次の瞬間、平八郎に突き飛ばされた勝五郎は、細い栈橋の上で体勢を崩し、川の中へばっしゃーんと背中から落下した。そのまま平八郎は栈橋を走り抜け、川沿いの道へと飛び出していった。

もちろん平八郎は必死で舟を追っている。六道丸に至る、いまはあの舟の船頭だけが唯一の道なのだ。

「旦那《だんな》！」

前方から左次も駆けてくる。平八郎は猛進の勢いを止めずに、左を指す。

「身許《みもと》がばれた。六道丸の根城を知ってる船頭が、いま川を上っている」

左次は石を蹴《け》って方向を変え、平八郎に併走し始めた。

「道頓堀に出られたら厄介でっせ」

「わかってる」

道の左手の葦の茂みが切れて、川面が直接見えるようになってきた。いた。

新川の真ん中を、艪に体重をかけて右に左に揺らしながら、船頭は道頓堀を目指している。ぴっちりとした黒の股引《ももひき》から窺える下半身は引き締まり、相当に体幹が強そうだ。上半身は筒袖《つつそで》の上に羽織った半纏《はんてん》で確かめられないが、やはり艪漕《こ》ぎで鍛えた膂力《りょりょく》は十二分に発揮されていると見え、
速い。

平八郎も必死で走るが、舟はあめんぼの如《ごと》く、すうぃすうぃと上流へ遡《さかのぼ》り、平八郎は次第に、舟に引き離され始めた。

「左次、間に合わねえ。何とかならんか！」

その声に左次、だっと平八郎を追い越し、数歩前に出たところで、いきなり姿が消えた。いや、左手の河岸に向け、道から土手を斜めにすたたたと駆け下りていったのだ。

いくら川幅の狭い水路とはいえ、水辺から舟までは三間（約五・四メートル）もある。どうこうできる距離ではない。が、左次は川辺へ駆け下りながら右手をまっすぐ伸ばし、土手の斜面に触れさせていた。それを見た瞬間、平八郎は左次が何をやるつもりか察しが付いた。

そこでなお足を速める。目の前に波吉橋が近づいてきた。あの橋を越えられたら道頓堀、そうなれば捕捉《ほそく》はほぼ不可能だ。

川縁に下りた左次はそこで止まり、握っていた右手を開いた。中に一、二寸の小石を数個、握っている。土手を駆け下りる際、地面から手当たり次第に拾ってきたらしい。

その手から一個、小石を左手に取ると、左次は舟を凝視したまま、口をつぼめて息を吐く。

「しゅううう〜〜」

次の瞬間、左次の左手が石火の如く、ふんっと風を切って動いた。

びしっ。

大きな音が川面に響いた。

思わず艪を漕ぐ手を止めたのは船頭だ。

唖然《あぜん》として左右を見回し、そして川縁の左次に気がついた。

舟の舳先《へさき》からぽちゃりと小さな音を立て、いま、船体にめりこんだかと見紛《みまが》うほどの衝撃を与えた小石が、水に沈んだ。

左次は構わず、二個目の石を左手に取り、後方に大きく引いてから、

「しゅっ」

短く息を吐く。と同時に、左手を弾《はじ》くように振り抜く。

左次の手から放たれた小石は、水面ぎりぎりの高さをふうんっと唸《うな》りながら飛び、舟に近づくにつれてその石が浮き始め、と思いきや。

びしゅっ。

今度は船縁に命中した。

左次、三度目の投石動作に入る。気づいた船頭、慌てて再び艪を漕ぎ始める。

「しゅううぅ～～っ」

「うおぉぉ～～っ！」

船頭は叫んだ。次にあの石は自分に命中する。その恐怖感だった。

ばしいっ。

左次の石は船頭が艪を握る手と手の間に命中。構わず船頭は必死で艪を動かし続ける。

やがて十分に引き離したと思える距離まで来ると、船頭は後ろを振り向いた。

水路の縁に佇《たたず》み、こちらをまだじっと見つめる左次の姿を船頭は確認した。

安堵の息をつき、船頭は前方に顔を戻す。

頭上に波吉橋が近づいてきた。

この橋を越えれば道頓堀川。逃げ切れる。

そのとき、波吉橋の上にすっと立ちあがる人影があった。いままで身を伏せていたのだろうか。かなりの大男だ。

その顔を見上げて船頭は、思わず「あっ」と叫んだ。

平八郎は橋の欄干に手を突いてふわりと飛び越え、瀬取船の舳先に飛び降りてきた。

激しく水を叩く音とともに、舟の両舷《りょうげん》から飛沫《しぶき》が立ち上る。

「くそっ」

船頭は半纏をめくり、背中に手を回す。戻した右手に刃渡り一尺（約三〇センチ）ばかりの腰刀が握られ、「てめえっ」と凄《すご》んだきり、絶句した。

船頭の喉元《のどもと》に、平八郎が抜き放った刀の切っ先を突きつけていたからだ。

「五十両やる」

平八郎は呼びかけた。

「俺に力を貸せば、おまえは五十両を持ってどこへなりと消えればいい。断るならここから泳いで帰れ。好きな方を選ばせてやる」

船頭は腰刀を鞘に戻し、両手で艪を摑むと、再び漕ぎ出し始めた。

十三

古い蔵の扉を開けるときのきしみにも似た音が、一定の拍子で背後から聞こえている。

ぎいぃこ、ぎいぃ、
ぎいぃこ、ぎいぃ、
舳先に座る平八郎は、獲物《えもの》を狙《ねら》う猟犬のように身を低くして、笠の下の視界から暗い川面を見つめていた。

道頓堀の汐見橋《しおみばし》から日吉橋《ひよしばし》までの南岸は旅籠《はたご》も多く、特に祭の季節のいまは、陽が沈んでも船着場にはひっきりなしに舟が着く。

長い船旅を終えて宿に着いた安堵の声、客を呼び込む高い声、笑い声と嬌声《きょうせい》が響く桟橋は正面の旅籠の灯りに照らされて、真昼のように明るい。その横を平八郎と船頭、そして左次を乗せた瀬取船が影のように通り過ぎていく。平八郎が船頭に協力を約束させたので、左次を隠す必要がなくなったのだ。

「あんたのあれは、印地《いんじ》打《うち》か」

漕ぐ手は休めず、船頭が左次に聞く。

「飛礫《つぶて》や。餓鬼の頃からそう言うてきた。別に師匠について習《なろ》たもんやないしな」

「凄《すさ》まじいものだ。あんな印地は初めて見た」

船頭は、艪の持ち手すれすれに打ち込まれた飛礫の痕《あと》に目をやった。

「この旦那に止められてなきゃ、あんたの指くらいは吹き飛ばせた」

「ふ、ふふふふ、そりゃあぜひ見せてもらいたいものだが」

左次は不機嫌な顔で船頭に向き直り、

「信じひんなら、ここで試してもええが」

「左次」

さすがに平八郎がたしなめ、船頭に尋ねた。

「あとどれくらいだ」

「木津川《きづがわ》に出たらすぐだ。そう焦るな、旦那。あんたは間違いなく、望むところへ向かっているよ」

舟は日吉橋を越えた。流れがやや速くなった。木津川に入ったのだ。川幅が一気に倍になり、薄く潮の香りも漂い始めた。

風が運ぶのか、大川の方角から船渡御の賑やかな音曲が漏れるように聞こえている。

木津川に出て下流の流れに乗ると、間もなく左岸に材木置場が見えてきた。ここに廻船が発着する船着場があり、その辺り一帯は、次の荷積みを待つ船が碇泊《ていはく》する船溜《ふなだま》りでもあった。安治川《あじかわ》河口ほど大きな船着場ではないが、それでも帆を下ろした弁才船《べざいせん》の帆柱が林立する港の光景は圧巻である。

船頭は船着場の上流からゆっくりと近づき、桟橋で荷積み中の弁才船が、甲板で煌々《こうこう》と焚《た》く篝《かがり》火《び》の光の中に入らぬよう川縁に船を寄せ、艪を止めた。

「あれだ」

船頭が指さす方向に顔を向けると、大型の弁才船が並ぶ間に、ひときわ小ぶりな船尾が見えた。小ぶりといっても手前の大型船との比較でそう見えるだけで、少なくとも四、五百石《こく》はあるだろう。その船のせり上がった船尾には、半分消えかかった吉祥丸《きちじようまる》という文字の書かれた船名額が、取り付けられていた。

弁才船はもともと基本的な積載能力の大きさを誇り、千石も運べる大型船を千石船と呼んだが、やがてこの型の船全体の通称となったため、いまでは二千石積める船も千石に満たない船も、なべて千石船と呼ばれる。

「見ての通り、あの船はかなり古くて傷みも進んどる。もはや江戸や北前《きたまえ》の航路には使えまい。それでも内海を行き来して、四国、九州辺りの海岸から魚や干物の海産物を仕入れて売りに来る五十集《いさば》船《ぶね》くらいなら、まだ十分ものの役に立つのさ」

船頭の声を聞き流し、平八郎はあの船を動かすには多くても八人、少なければ五、六人でも回せるかと敵の人数の目算を立てていた。

「左次」

「へい」と答えて左次は、舟から川岸に飛び移った。「探りを入れてきます」

「いや」

平八郎は顎をさすった。

「船番所へ繋いでくれ」

左次は船頭の顔にちらと目をやった。

「信用でけますか。もう少し調べてからの方が」

「俺がこいつの舟を奪ったことは、あの江田の仲立人も、久代助の用心棒ももう確かめてるだろう」

船頭は黙って平八郎を見つめている。

「てえことは、どのみちこの男は俺に口を割ったか、割ったかもしれねえという疑いを六道丸に持たせたことになる。いままでの六道丸のやり口を見る限り、こいつが生き残る道は、もう俺たちに六道丸を捕らえさせるしかないってことさ」

「六道丸に詳しいな」

船頭の声が妙に丸みを帯びていた。

「調べ書きは読み込んだからな。そもそも六道丸は臆病《おくびょう》な男だ」

「臆病だって？」

「ああ。出会った人間、自分の姿を見たかもしれない人間を全員殺さずにいられないのは、それだけ脅えているからさ。これほど臆病な盗賊を、俺は見たことがねえ」

「では船番所に向かいますが、戻ってくるまで必ず待っておくれやす。くれぐれも勝手な真似《まね》はせんように」

言い残すや、左次は木津川の上流目指して駆け出した。その姿は一瞬で闇の中に呑《の》み込まれた。

「見てみな」

左次が去って小半時（約三十分）も経《た》ったか。船頭が六道丸の舟を窺《うかが》う平八郎に声をかけた。

「屋倉《やぐら》から甲板に人が出てきよった。どうやら碇《いかり》を上げる気だ」

「海脱けの客を待たんのか。五十両の金をまだ奴らは受け取っておらぬだろう」

「五十両なんぞ、奴らにしたら端金《はしたがね》よ。それよりは、怪しい気配を感じたらさっさと逃げる。その勘の良さが、奴らがいままで縄目に遭わんでこれた理由《わけ》やないか」

平八郎は船縁《ふなべり》を摑み、むうと息を吐いた。

「いま船の上で篝火の数を増やしとるやろ。出港するんで周りの様子を確かめとるんや」

平八郎は身を起こすと、舟を蹴って川岸に立った。船頭が呆れたように顎を上げる。

「どうした」

「もう少し近づいて様子を見る」

「まさか、一人で乗り込む気か？」

平八郎は答えなかった。どれほど腕に自信があろうと、複数の敵に一人で立ち向かうほどの不利はない。だが、敵を目の前にしてみすみす取り逃がすわけにはいかない。

「世話になった。約束の金だ」

そう言って、帯の内側で巾着《きんちゃく》を結わえ付けていた糸を切って取り外すと、舟の中に投げ入れた。

がしゃっと、銭の音を立てる。

「つくづく、おもしろい男よのう」

船頭は巾着を拾い上げ、手のひらで重さを確かめるように二、三度揺すった。

「六道丸が臆病だと言うたな。そうかもしれん。いや、きっとそうだろう。だが仮に六道丸が死をも一向に恐れぬ男だったとしたら、あんなに人を殺すこともなかったろうさ」

「何の話だ」

平八郎は戸惑った。だが船頭は、平八郎の当惑など意に介した様子もなく、巾着を懐に入れると呟くように続けた。

「そうではないか。生き死にをまったく気にかけないなら、人を殺すことに何の面白みがある。死を恐れ、一歩間違えば死ぬのは自分かもしれぬという有様があってこそ、人を殺すことに湧き立つ思いを感じることができるのよ。六道丸はおそらく、そうやって殺しを楽しんでいる」

「だとしたら、芯から反吐が出る野郎だ」

平八郎は不愉快な表情を隠しもせず、船頭に背を向けた。

「三人だ」

川岸を歩き始めた平八郎を、さらに船頭が呼び止めた。

「あの船に乗っとる賊は頭《かしら》を含めて五人。そのうち二人は床下で炊《かしき》役と水夫《かこ》も兼ねとるが、こいつらはおまえの敵にはならんやろ。船を扱えるのは甲板におる水夫の三人で、こいつらは皆、刃物の扱いにも慣れとる。まあ、あとはおまえの度胸次第だな」

それだけ言うと船頭も腰を上げ、再び艪に腰を乗せてぎいぃと川岸から離れ始めた。

一方、船番所で待機する大町《おおまち》休次郎は焦《じ》れていた。

「まだか。まだ平八郎の報《しら》せは来んのかっ」

日が完全に暮れてから、休次郎は川面を見晴らす見張り台と、船番所の裏手に奉行所の捕縛隊のために設けられた待機小屋の間を、捕らえられた熊《くま》のように行ったり来たり、落ち着かなげであった。

誰かが「大町様、少し落ち着かれた方が」と声でもかけようものなら「わかっとるわ」と雷が落ちる始末で、もう誰も近づこうとはしていない。そんなところへ。

「来たか！」

番所の取次役から、平八郎の小者《こもの》がいま着いたと聞いて、休次郎の顔にさあっと赤みが差した。

「はい、ただいま番所の入口で、すぐにでも我らを六道丸の根城に案内《あない》すると控えております」

休次郎は待機小屋の前を通り過ぎながら、中の人間に大声で呼ばわった。

「ようやく出番だ。皆の者、備えを怠るな。今宵《こよい》あの六道丸を、東町奉行所が召し捕るのだ！」

休次郎はいま、彼の人生で最高の昂揚感《こうようかん》を味わっていた。


三人か。

平八郎はその人数を口の中で噛《か》みしめた。

船着場に上がった平八郎は、荷揚げの広場の端に設けられた、小さな祠《ほこら》を囲む木柵《もくさく》の陰にいる。

一間四方ほどのその空間のすぐ向こうに、吉祥丸が接岸していた。

あの船頭の言葉を信じるなら、三対一はそれほど絶望的な戦いでもない。相手の力量にもよるが、たとえば不意を突く攻撃が仕掛けられれば、すぐに実質は二対一、あるいは一対一の勝負になる。しかしそんな攻撃が出来るだろうか。

平八郎が頭の中で、三人に仕掛ける方法を吟味していると、吉祥丸の舷側を垣根のように覆う垣立《かきたつ》の切れ間から、色黒の男がぬいと顔を出し、左右を確かめて渡し板を下りてきた。木柵から乗り出して様子を窺っていた平八郎は、慌てて身を引く。男は下り口でしゃがむと、雁木《がんぎ》に渡した梯子《はしご》を固定している荒縄の様子を調べ始めた。

雁木の横に突き出た杭《くい》と、梯子を結びつけている縄はきつく縛られている。男は縄の端を何度か引っ張ったり捻《ねじ》ったりしていたが、やがて腰に下げていた鉈《なた》を取り出して、小さく振り上げた。どうやら縄ごと切ってしまうつもりらしい。

ざく。

振り下ろされた鉈で縄の一部がほつれ、
ざくり。

二振り目で、さらに荒縄は大きく裂かれた。

このまま水上に逃げられたら、六道丸を捕らえる機会は二度と巡ってこないかもしれない。

男が三度目の鉈を振り下ろそうとする寸前、平八郎は吉祥丸めがけて早足で近づいた。これ以上は、考えるより先に体が動いてしまった。

「待て」

色黒の男はしゃがんで頭上に銃を振り上げたまま、胡乱《うろん》な目で平八郎を見上げた。

「遅れてすまん。俺が客だ。聞いているはずだが」

色黒の男はうんともすんとも言わず、同じ表情で平八郎を見ている。もしかして言葉が通じないのか。とまで平八郎は思いを巡らせたが。

やおら男は立ちあがり、渡し板を登り始めた。船の舷側に柵のように巡らせた垣立の切れ間で振り返り、顎を振る。

ついてこいという意味だと解釈して平八郎も後に続き、渡し板を上がっていった。

垣立の切れ間は伝馬込《てんまこみ》という船の乗降口である。ここから中に入ると、がらんと広い甲板になっているが、この下もすぐ船倉だ。

行きも帰りも荷物を満杯に積んで出港する船は、足下の板も全部外し、ここに荷物を積み上げる。逆に言えば、これから出港しようとする船が、この荷室を空けたままにしておくなど、本来あり得ない。

ようやく平八郎も船頭の言葉を信用する気になった。

——六道丸は、ここにいる。

そう確信した瞬間。

「よお来たな」

頭上から声があった。

平八郎が声のした方を探る。乗り込んだ甲板の船尾側は屋倉《やぐら》と呼ばれる船室部分。屋倉全体を覆う屋倉板は船室にとって屋根の役割を果たすが、同時に帆の上げ下ろしや舵《かじ》を操るなど、操船時の作業を行う甲板でもある。

この屋倉板の上に立ち、甲板の平八郎を見下ろす男の影があった。

どお～～ん。

男の背に、大川で打ち上げられた花火があがる。

その光に浮き上がる男は、髷《まげ》は結っているものの月代《さかやき》は思うさまに伸ばし、灰汁色《あくいろ》の小袖の上から遊女の着物でも奪ったのか、真っ赤な襦袢《じゅばん》を羽織のように引っかけていた。

目を引くというよりもはや異様なその気配に、半ば唖然《あぜん》としながら平八郎も呼びかけた。

「六道丸か」

「おまえは誰じゃあ」

「笠屋《かさや》喜四郎だ。蛟の東五から話がきておろう」

「笠屋だあ。笠なら間に合うとるわ」

襦袢の男はどこか痒《かゆ》いのか、はだけた首筋を爪《つめ》でぽりぽりとかきながら、声をあげて笑った。

すると、その笑いに同調して、平八郎の周りでも複数の声が上がったのだ。

はっとして平八郎が見回すと、篝火の届かない屋倉前の暗がりに、いつの間に現われたか三人の男が立っている。二人は袴《はかま》に両刀を差した浪人風、一人は酒樽《さかだる》のような体をした上半身裸の大男。

さらに背後にも気配を感じて振り向けば、船首側の合羽《かっぱ》と呼ばれる上甲板の上に、やはり三人の男が立ち、これらはいずれも素肌に半纏を羽織ったいかにも水夫《かこ》の出立《いでた》ちで平八郎を見下ろしている。ただし普通の水夫と違うのは、彼らは全員、手に手に大ぶりの鉈や腰刀など、それぞれ得物を構えていたことだ。

――船頭の話と違う！

表情を変えた平八郎に、襦袢の男が満足げに続ける。

「いまごろ気づいたか」

「俺はおまえたちに海脱けを頼んだだけだぞ。いったいこれは何のつもりだ」

「下手な芝居はもう終わりじゃ。大塩平八郎」

名前を呼ばれて平八郎は男を睨《にら》み返した。

「六道丸」

「その名を口に出来るのも、今夜が最後じゃ。よお来たのう、平八郎。祭はこれからよ」

男の背後に、三つ四つ、続けて花火が打ち上がった。

「御用の筋や。みな動くな！」

船に乗り込んできた大町休次郎は、朱房の十手を腰から抜き払い、真正面にいた男に突きつけた。その休次郎の背後から、さらに与力と同心、捕り手の小者たちがわらわらと渡し板を上り、船内に広がり始めた。

十手を突きつけられた人足風の男は、あまりのことに頭の上に抱えていた米俵を足下に落としてしまい、その衝撃で破れた俵の隙間《すきま》から、ぼろぼろと籾殻《もみがら》がこぼれ広がった。

「何事でっしゃろ?」

騒ぎを聞きつけたか、渡し板をすたすたと上って、縞《しま》柄の小袖に羽織を身につけた四十がらみの男が駆けつけてきた。休次郎はその男に十手を向けた。

「御用の検《あらた》めである。おまえは誰だ」

「手前はこの船の船主で、有坂屋《ありさかや》長兵衛《ちょうべえ》と申します。お役人様方はいったい何の御用で」

「調べはついておる。おとなしく六道丸をここへ連れて参れ。さもなくばこちらから船中、調べ尽くすぞ」

長兵衛は目を白黒させて聞き返した。

「ろ、六道丸って、え? 何のことでっか⁉」

「まだ、白を切るか。おい、平八郎がおるやろ。あいつを呼べ」

尋ねられた同心もしどろもどろになる。

「それが、いま甲板におった人足何人かに聞きましたが、平八郎はおろか、それらしき者の姿も誰一人見とらんと」

「なにぃ」

休次郎も、なにやら様子の違いを感じ始めた。

「そもそもこの船が港に入ったんはつい最前やそうで、それがほんまなら奉行所に平八郎の使いがやってきたのと同じ頃になってしまいます」

「しかし、平八郎の手の者は間違いなくこの船を示したわな」

「いかにも。私も見ました」

「あの男はどこだ。すぐ連れてこい！」

同心はすぐに船を下り、まだ外で待機している捕縛隊の間を探し回ったが、最初に奉行所に報せをもたらし、彼らをここまで連れて来た男の姿は、影も形もなくなっていた。


一方。木津川端を全力で駆け上り、立売堀川《いたちぼりがわ》で流していた小舟を捕まえ、九条島《くじょうじま》に渡るや船番所に飛び込んだ左次は、そこで起きていることがにわかには理解できなかった。

番所の表門で、捕縛隊を指揮する大町休次郎に取次を頼もうとしたら、休次郎はもう捕り手を引き連れて出たというのだ。

「出たって……どこへ」

「どこも何も、報せが届いたさかい六道丸を捕縛するんやゆうて、えらい鼻息で出ていきよったやないか」

焦茶の半纏を着込み、六尺棒を手に番所の冠木門《かぶきもん》の前に立つ門衛は、にべもない。

「その報せを届けるのはこの俺の役割や。捕縛隊はどこへ向こたんや⁉」

「知らんがな。おまえらかてこっちに何も教えてくれてへんやろが。それを場所も貸せ、船も貸せて勝手なことばっか言いくさりおって。とにかく捕り手を三十人ばかり連れて、みんな船で安治川を下っていきよったがな」

「安治川だとっ⁉」

左次は目の眩《くら》む思いだった。

いったいこれはどうなっているのだ。平八郎は確かに六道丸の根城に導かれたはずなのに、肝心の捕縛隊はどこにもいない。もしかしてこれは、罠《わな》に嵌《は》められたのではないか。その疑問がようやく左次にも湧《わ》き上がってきた。だとしたら、その狙いは？

「左次ではないか」

門衛に背を向け、再び駆け出そうとした左次を、門の中から呼ぶ声があった。

振り向くと羽織に通した腕を組み、袴の下は黒足袋《くろたび》に草鞋《わらじ》という出立ちで、坂本鉉之助《さかもとげんのすけ》が愛想のいい笑みを浮かべて立っている。

「何しとんのや、こんなとこで。おまえ、平八郎と一緒やないのか？」

「さ、坂本さまこそ、ここで何を？」

「いやあ、今日は平八郎が大捕物をするって話を聞いたからな。俺も体がなまっとるし、久々に調練がてら実戦の機会があるならと助《すけ》っ人《と》を名乗り出てみたんだが」鉉之助は露骨に顔をしかめて見せた。「大町とかいう組頭が、城番の助《すけ》など一切無用なんて言い張りよって。取り付く島もないからいま帰るところよ。ま、これを口実に船渡御でも見物して帰れるからこれはこれで……」

「坂本さま！　お願い申し上げます！」

普段、感情の起伏を見せない左次しか知らない鉉之助は、いきなり目の前で膝《ひざ》をついて頭を下げる左次の姿に、軽くうろたえた。

「ど、どうしたんだ、左……」

「旦那が殺される！」

「なに？」

顔を上げた左次は、必死の形相で訴えた。

「大塩の旦那が嵌められました。後生です、坂本さま、旦那を助けて下さい！」

さらに頭を地につけようとした左次の肩を、鉉之助の太い指が摑んだ。

そのままぐいと上体を起こされると、左次の顔を、これ以上ないほど目を見開いた鉉之助が覗き込んでいた。

「左次！　平八郎はどこだ!?」

十四

　平八郎は完全に囲まれていた。

　前に三人。後ろに三人。両舷側は塀のようにそそり立つ垣立に塞《ふさ》がれて、毛一筋たりとも逃れる隙がない。

　襦袢の男は黙り込んだ平八郎を見て、勝ち誇った声をあげた。

「まだわからんか。おまえはわしらを罠に嵌めたつもりでおったろうが、嵌められたのはおまえの方よ」

「俺が来るとわかっていたのか」

「そうなるように仕向けたからな。おまえはまんまとわしらが炊いた鍋《なべ》の中に、一人で乗り込んできてくれたんや。こっちは料理人揃《そろ》えて待ってるだけでよかった」

　どこからだろう。平八郎は考えていた。いったいこの罠は、どこから始まったのか、それによって誰が関わったのか、その範囲も変わってくる。

　ふと、追手門の前で会った徳兵衛を思い出した。なるほど、あれはもう、段取りを承知していた顔だな。

「観念せえ。おとなしゅうしたから言うて、楽には死なせたらんけどな」

平八郎は襦袢の男を見上げ、腰の後ろに差し込んでいた十手を抜いた。もともと六道丸の母船には、捕縛隊が到着した折に一緒に乗り込むつもりでいたため、合流した左次にあらかじめ預けておいた十手を、戻してもらっていた。

「なるほど、お互い承知の上なら話は早い」

握った十手の先を、屋倉の上に向けた。

「六道丸、貴様こそ神妙にせよ。これまで働いた数多《あまた》の悪行三昧《ざんまい》、今日こそ年貢の納め時と知れ」

六道丸は手を叩いて笑い始めた。

「たまらんなあ。鼻っ柱の強い男とは聞いてたが、いま自分が立ってるとこもわからんらしい」

花火がまた光った。六道丸の目はまったく笑っていなかった。

「この船は明日の朝、ここを出る。海に出たら好きなとこで下ろしたるさけ、それまでおとなしゅう待っとれ」

「いま出るのではなかったのか」

「そのつもりやったが、ちょっと客が増えてな」

あの男だ。平八郎は直感が働いた。坊主河岸ですれ違ったあの男、久代助の用心棒がどういう理由でか、三郷を脱けようとしている。

だがそれならなぜすぐに船に乗らなかったのか。単に連絡に来ただけなら、他にも客がいるのか、何かもう一仕事してから、脱けようとしているのだろうか。

「俺を殺せと、誰に命じられた」

「もう死ぬ身や。余計なこと考えんと念仏でも唱えてろ」

さすがに六道丸は喋《しゃべ》りすぎたと悟ったか、屋倉下の男に声をかける。

「縛り上げて船倉に放《ほう》り込んどけ」

正面にいた酒樽《さかだる》のような大男が前に進み出てきた。十手を構える平八郎。

「近づくな。さもないと手荒な真似《まね》をすることになる」

平八郎の言葉に、にやあと笑う大男。剃《そ》り上げた頭まで肉が余っているのか、全身が巨大な蛸《たこ》に見える。

「あぁがっ」

気合をかけて平八郎に両手をぐいと伸ばしてくる。平八郎は身を屈《かが》め、その腹に十手を打ち込んだ。が、十手は何の手応《てごた》えもなく、男の腹にぐにゅりと埋まりこむ。しかも抜き差しならない。

はっと顔を上げた平八郎の首に、一撃目を空振りさせられた大男の左肘《ひだりひじ》が、ぶうんと唸《うな》るように戻ってきた。

平八郎、すかさず十手を持つ手を離すが、男の肘をまともに喰《く》らい、左舷の垣立の下に撥《は》ね飛ばされる。

「うっ」

もう一瞬、手を離すのが遅れれば衝撃はさらに致命的だったろうが、それでも平八郎は軽い脳《のう》震盪《しんとう》を起こしていた。頭がふらつく。かすむ目で甲板を見ると、近づいてきた大男が、

「ぐあぁぁ〜っ」

平八郎の胸ぐらを左手で摑んで、そのまま引っ張り上げた。身の丈六尺（約一八〇センチ）の平八郎にこんな真似の出来る男などそうはいない。頭の中で思った通りにまだ体が動かないもどかしさを、平八郎は感じていた。

男は抵抗できない平八郎の背後に回り込むと右手を首に回し、自分の左腕をてこにして平八郎の首を絞め始めた。

「むっ」

思わず両手で大男の右腕を摑むが、相手はびくともせず、さらにぐいっぐいっと力を込める。

「落とすだけやぞ。久々の生き餌《え》や。殺してしもたら船から吊り下げる楽しみがのうなる」

六道丸の声も、どこか幔幕《まんまく》越しに聞くようなくぐもりを感じる。視界が狭まり、暗くぼやけてきた。このままでは意識が落ちる。次に目覚めた時は海の上だ。

平八郎のうなじに大男の鼻息があたる。ぶはあ、ぶはあと、まるで豚のようだ。思った瞬間、無性に怒りが沸き上がってきた。

平八郎は必死に抵抗していた左手の力を抜き、男の腕から外した。一気に咽頭《いんとう》を潰《つぶ》す勢いで首が絞まる。が、
下げた左手で脇差《わきざし》の柄《つか》を逆手に握るや抜き放ち、背部に向けて突き出す。

ずぶり、と刃が肉脂にめり込む感触が左手に。

「がっ」

首に回された腕の力が弱まった。それでもなお六分の力が残っている。分厚い肉に阻まれ、刃の切っ先が内臓まで届いていないのか。

「ぬぉっ！」

気合を入れ直し、酒樽男の腹に脇差を突き立てたまま、両足を甲板に思い切り突っ張って、背後へぐいっと下がる。

どんっと、男の背中が垣立に押し付けられた。平八郎の脇差が勢い余って鐔《つば》まで沈み込む。

「あ〜ん」

赤ん坊の泣き声のような声を漏らし、酒樽の腕から力が抜けていった。

見ると酒樽は垣立に背をもたせかけたまま、ずるずると腰を落としていく。それを見て、屋倉の下にいた浪人風の男たち二人が、同時に刀の鞘を払った。平八郎は足から滑り込むように身を反らし、敵の剣を避《さ》けると同時に十手を拾う。

耳元でぶんと刀が風を切る音。身を起こす平八郎に頭上から一人が振り下ろす刀。平八郎、眼前それを脇差で受けた。

がちっ。

受けたまま立ち上がったところへ右後ろから二人目の刀が突き込んでくる。それを十手で叩く。

ぎぎっ。

刀は十手の表面を削って滑り、根元の鉤《かぎ》に受け止められる。平八郎はここで手首を「えい」と思い切り外側に回す。鉤で挟まれた刀が、がたんと甲板に落ちた。二人目の男は慌てて拾おうと、上体を屈めたところを。

「ぎゃっ」

十手の柄頭《つかがしら》をその顔面に叩き込む。踏み潰された猫のような声を出して、男はあえなくその場に昏倒《こんとう》。

そこへ最初にかかってきた浪人の二撃目が、平八郎の左肩先を狙って振り下ろされる。すかさず左足を引いて躱《かわ》しながら手にした十手を投げる。その十手を難なく躱し、さらに間を取ろうとする平八郎の体《たい》に向け、薙《な》いでくる刀を平八郎、
ばしっ。

八分ばかり鞘から抜いた長刀で受けた。攻撃の波が一度途切れた浪人は、平八郎から間合いを取って右足を大きく後ろに引き、上体をやや前に、剣先は平八郎の胸に狙いを付けたまま中段に構える。

平八郎も逆手に持っていた脇差を鞘に戻し、刀を顔の右横に立て、八双《はっそう》に構えた。

屋倉の上から二人の鬩《せめ》ぎ合いを見ていた六道丸は、襦袢の裾《すそ》をはためかせながら屋倉板の上を右へ左へと飛び跳ね、甲高い声で笑い続ける。

「こうでないと！　こうでないとな、のう、大塩！　音に聞こえた東町の与力が、簡単に死んでもろては語り草にもでけん！」

「貴様こそ簡単には死なせねえぞ、六道丸！」

上から覗く六道丸の声に、浪人の剣先から目を離さず応える平八郎。

「てめえが手にかけた者たちの恨み辛《つら》み、その苦しみを、てめえの体にたっぷり問い質《ただ》してやる。赤子のように泣き喚《わめ》こうが、血の小便を流そうが、てめえの首が胴から離れるその日まで責問《せめどい》は続くんだ。いま心を入れ替えて、誰の指図でこんな真似をしたか教えるなら、もう少し楽に死なせてやってもいいがな」

「口数は少ないと聞いとったが、なかなかどうして、よう囀《さえず》るやないか」

六道丸は帆柱の横で仁王立ちとなると、ぱん、ぱん、ぱん、と三度、手を叩いた。呼応するように、屋倉の板戸がばしっと全開した。

中からさらに手甲脚絆《てっこうきゃはん》を着け、動きやすそうな股引に尻からげの男が四、五人、暗くてはっきりとは確かめられないが、それぞれに刀や手槍《てやり》、大鎌《おおがま》のような武器を持ち、甲板に姿を現わした。

先頭を切って出てきたのは、大鉈を手にした色黒の男である。

「ちっ」

思わず舌打ちをした。

「まさしく、ここから見ておると、袋の鼠《ねずみ》とはこのことよ」

屋倉板の上で六道丸は、にたにたと満足げな笑みを浮かべている。

「なるべく生かして捕らえたいが、手向かいするなら手足の一本くらい落としてもええぞ。さあ、とっとと押さえてしまえ」

風が出てきた。花火の音も終幕が近いのか、連続で乱れ打ちに聞こえてくる。船尾の屋倉と船首の合羽の上に、それぞれ籠《かご》に入れた篝火が掲げられているが、闇《やみ》はそれよりもなお深くなっている。

もはや退路も断たれた。そのことがかえって、平八郎の腹を揺るぎなくした。

ここで死ぬなら、それまでのこと。

浪人が、甲板に現われた新手に手柄を取られてならじと、中段から平八郎の胸元めがけ、刀で突いてきた。

「りゃあっ」

それを長刀で払うと、体勢を崩した浪人は蹈鞴《たたら》を踏んで舷側まで達した。平八郎はその隙に屋倉の上へ出るべく、屋倉下の船室に通じる、新手が出てきた板戸に向かったが、もちろんその前に構えていた男たちがただで通してくれるわけはない。

大鉈を振りかぶって飛びかかってきた色黒の男の腹を、長刀の峰でめりこむほどに叩き、おそらく肋《あばら》の一、二本も折って戦闘不能にしたが、残りの三人が平八郎を扇形に囲み、さらに合羽の上からもう三人が甲板にわらわらと飛び下りてきた。

平八郎は船室の壁を背に、動くに動けなくなった。やっと三人を倒したが、残りはまだ無傷の七人。さすがに窮地を実感せざるを得ない。

「どないした。もうふらついとんのやないけ。まだ小半時も経ってぇへんぞ。おら、しっかりせんかい！」

六道丸が囃《はや》し立てるも、さすがに男たちは平八郎の長刀を警戒し、とりあえずは遠巻きに様子を探っている。その囲みの真ん中を割り、抜身の刀を手にした浪人がずいと進み出た。

「どけ、こいつはわしがやる」

平八郎は、屋倉の破風になった壁に背を押し付け、刀は正眼に構えたまま小刻みに鼻から息を吸い、丹田に気を送り込んでいた。そうして満ちた気を全身に廻《めぐ》らせるように、ゆっくり口から息を吐き出す。

これは平八郎流の整息法だが、全神経を集中させるために半眼となった彼を見て、六道丸は平八郎の息があがりかけていると判断した。屋倉板の縁《ふち》をつかみ、平八郎の様子をよく見ようと、さらに身を乗り出した。

「誰が寝てええと言うた。祭はまだこれからやないけ」

そのとき。

平八郎、両目をかっと開き、六道丸と目を合わせた。同時に刀は左手で支えて正面に向けたまま、懐に右手を突っ込むや、すぐさま取り出したのは幾重にも畳んだ分銅付きの細縄。

その分銅を頭上の六道丸めがけ放り投げると、手早く細縄の端を自分の歯で噛む。投げられた縄付き分銅は放物線を描いて、再び落ちてくる。その落下した分銅を平八郎、右手ではしっと受け止め、思い切り引いた。

「ぬ？」

六道丸は自分の首に何かが引っかかっていると感じた瞬間、いきなり体ごと引きずり出され、甲板めがけて落下した。平八郎の捕縄術である。

「うがあっ」

屋倉板から落ちてきた六道丸は、甲板に背中を打ち付け、大の字に倒れた。

平八郎を囲んでいた男たちが驚いて合羽の下まで下がる。すかさず平八郎は甲板中央に倒れた六道丸の上半身を背後から抱き起こし、その首筋に刀を当てた。

「動くな！」

平八郎は遠巻きになった男たちを、右から左まで見回した。

「動けばこの男の喉を掻《か》き切る。抵抗はやめておとなしく縛に就け」

「やめろ」

六道丸はいきなり懇願を始めた。

七人の男たちは、六道丸を引きずり下ろした瞬間こそぎょっとした表情を浮かべたが、すぐに冷静さを取り戻したようだ。浪人は、あろうことか薄笑いまで浮かべている。

「おまえからも言え。でないと本当にここで切るぞ」

「やめてくれ、わ、わしは」

パンッ。

突然、短く、鋭い音が甲板に響いた。

音と同時に、平八郎の腕の中で六道丸がびくっと痙攣《けいれん》した。

「おいっ、どうした⁉」

六道丸は応えない。目を見開いたまま、はあはあと荒い息をし、震える手で空を指さした。つられて思わず平八郎も見上げると。

いつの間に現われたか、さっきまで六道丸が立っていた屋倉板の上に、黒い股引に半纏を羽織った男が立っている。

「おまえは……」

船頭は右手に長さ六、七寸、径二寸ばかりの竹筒のようなものを持っていた。もし明るいところでよく見れば、それは竹筒というより蓮根《れんこん》を輪切りにした形に近いと思えたろう。その蓮根の断面に開いた六つの穴が、まっすぐ平八郎に向けられている。

これは当時のアメリカなどで使われ始めた銃身と弾倉が一体となった型の拳銃《けんじゅう》で、食卓の胡椒《こしょう》挽《ひ》きに形状が似ていることからペッパーボックスと呼ばれた。

後に拳銃の主流となる回転弾倉式《リボルバー》の前段階であり、この方式は銃身の根元に銃弾を装着するため、銃弾の数だけ銃身が必要になる。つまり弾を一発発射するたび、銃身ごと回転して次の弾丸を撃つ仕組みになっていた。蓮根に見えたのは銃身を六個、丸く束ねて弾倉としているためである。

「俺には、俺なりの決めごとがある。それは俺がこれから殺すと決めた相手には……」

「おかしらあっ！」

平八郎の腕の中で、いままで六道丸だと思っていた襦袢の男が、血の泡を吹きながら叫んだ。

船頭がこちらに向けている蓮根が、右に六分の一回転し、直後。

パンッ！

二発目の銃声が響いて、襦袢の男の体からすべての力が抜けていった。

「人が話してるときに邪魔すんじゃねえよ、下郎が」

吐き捨てると、さっきまで船頭だった男は六道丸の正体を露《あら》わにした。

「俺は殺そうと思った相手とは、五分と五分で向き合うことにしている。さっき言っただろ、そうやって相手にも俺を殺す機会を与えてやるのだ。その間合いは実にぞくっとくるほど、血の沸き立つ思いがするぜえ」

船尾の篝火が背後にあるため、六道丸の顔は陰になっていたが、恐らくその顔には恍惚《こうこつ》たる笑みを浮かべていたのだろう。

「おまえには俺を殺す機会があった。だが、おまえは俺が与えた機会を読み外した。だからな、今度は俺の番」

六道丸が銃口を向けた。

「恨みっこはなしだ」

パンッ！

咄嗟《とっさ》に身を隠す場所を見つけられず、平八郎は反射的に、襦袢の男の肩を摑んでぐいっと起こし、その陰に頭を引っ込めた。ぺしっと茶碗《ちゃわん》を割るような音がして、襦袢の男の右額から骨片と血が弾《はじ》け飛んだ。

次の瞬間。

「うぉおぉっ！」

気合とも奇声ともつかぬ声を発し、まだ桟橋と繫がっている伝馬込から甲板に飛び込んできた者がいる。

　その衝撃で、はめ込み式になっている甲板の踏立板全体がずゥんと震えた。

「まだ生きとったか、平八郎！」

「鉉之助⁉」

　なんと現われたのは羽織を脱いで襷掛《たすきが》けした坂本鉉之助だった。彼は平八郎を遠巻きにする男たちに向かい、ずらりと刀を抜いた。平八郎はその鉉之助の背に背を合わせる形でゆっくり立ち上がり、屋倉板の六道丸を見上げた。

「気をつけろ。奴は銃を持っている」

「え？　おお」

　言われて鉉之助も背後を確かめ、六道丸に気づく。

「あれが六道丸か？　船頭みたいだが」

「船頭もやっている」

　いゝじゃっと斬《き》りかかる鉉之助の動きに対応して、平八郎を囲んでいた男たちも入り乱れた。その様子を見下ろしていた六道丸は、

「ちっ」

　と、舌打ちした。甲板の上で敵味方入り乱れると、暗さに紛れて見分けがよくつかない。ただでさえこの銃は、命中精度自体はお世辞にも優秀といえる代物ではなかった。

「平八郎、ここは任せろ。おまえは六道丸を！」

「おう」

平八郎は乱闘を離れ、屋倉の板戸に飛び込んだ。

船長の部屋らしい個室を抜けると船員が集団で過ごす、やや広めの区画があり、そこには煮炊きの道具も設《しつら》えられていた。

大きな六本の把手《とって》を取り付けた杭が床から出ているのは、帆を上げ下ろしするための轆轤《ろくろ》で、左舷側と右舷側に一つずつ。その向こうにぽっかり、子どもの身長くらいの穴が船体に開いているのは開《かい》の口といって、船室に直接出入りするための入口である。恐らく六道丸は、ここから入ってきたのだ。

船室の最奥、船尾に出る梯子を見つけた。平八郎が上ろうと手をかけたとき、

「うおりゃあーっ！」

平八郎を追ってきた浪人が、背後から斬りつけてきた。

横様に払う。浪人、はねのけられてもまた薙《な》いでくる。がちっと刃と刃が噛み合う音。鍔迫《つばぜ》り合《あ》い。浪人も負けてはいない。

「ぐうぁ」

唸り合い、互いに渾身《こんしん》の力を込めるが、平八郎、息を吐く間が一瞬遅れ、力の弱まった隙に押し切られる。

平八郎の刀が浪人の刀に押さえ込まれて回され、轆轤の把手に食い込んでしまう。

抜けない！

浪人、その平八郎めがけ、頭上に刀を振り下ろした。が、平八郎、半身を相手の懐に進め、左手で浪人の刀の柄を相手の手の上から握る。そして、ぐいと外側に押し出して剣先を避けると同時に、勢いを止められず前へ出てきた浪人の左頬に、思い切り右拳《みぎこぶし》を叩き入れた。

浪人は蛙が潰れたような声を出して、轆轤の下に倒れ込んだ。平八郎は息を切らし、把手から刀を外して、階段を上る。

屋倉の上に顔を出すと、すかさず。

パンッ。と、銃声。平八郎の顔のすぐ前で木片が微塵《みじん》になって浮かんだ。

直後、平八郎は梯子の上り口から飛び出し、すぐ後方に突き出ていた身木《みき》の陰に隠れた。弁才船の舵は巨大な羽板《はいた》を持ち、その軸木である身木も平八郎の体を隠せるほどには大きい。

「六道丸、もうおまえに勝ち目はない。神妙に縛に就け！」

「あほうが。最初から勝ち目がなかったのはおまえだと、まだわかっておらんのか」

六道丸は平八郎に銃を向けた。すぐに身木の陰に身を隠す平八郎。六道丸は撃ってこない。もしかして、残弾が少なくなったか。

「とあぁっ！」

突然、その平八郎に屋倉下で伸びていたはずの浪人が襲いかかってきた。

平八郎、右に左に体を躱しながら、仕方なく身木の陰から姿を露わにする。だが、屋倉の縁にいる六道丸は、入り乱れる二人にゆらゆらと銃口の狙いが定まらないのか、まだ撃ってこない。

残弾が少ないのだ。平八郎は確信した。でなければ、あの男は配下の浪人ごと銃を乱射してくるだろう。

「うおっさ！　はりゃ！」

浪人の攻撃は執拗《しつよう》だった。だが平八郎はこれもまた、残りの体力を考えて、ここで一気に押し切ろうとしているのだと読んだ。その証《あかし》に、

「はっ」

渾身の力で踏み込んできた浪人の刀を平八郎は半回転して右体側で躱し、自分の刀で上から押さえ込んだ。そのとき、浪人の息が一瞬、切れた。すかさず平八郎の引いた右肘が浪人の鼻柱に命中。思わず怯《ひる》んで半歩下がった浪人に、身を返した平八郎、袈裟《けさ》懸《が》けに斬り抜いた。

どさっと倒れる浪人を確かめた平八郎の右のこめかみに、冷たい金属の感触があたった。

「これなら外さん」

いつの間にか近づいた六道丸が、胡椒挽きの銃口を、直接平八郎の頭に押し付けていた。

「ほんま、楽しませてくれたの」

囁《ささや》いた六道丸は人差し指に力を込めた。

引金がわずかに動いたそのとき。

闇の中をふうんっと、何かが風を切ってくる音。続いて、
びしっ。

肉を打つ音がして、六道丸は「うっ」と小さく叫び、平八郎のこめかみからわずかに逸れた銃口は、パアンッと破裂音を響かせ、闇の中に火花を飛ばした。

振り向きざまに平八郎、下段から刀を斬り上げる。

どおんっ。

最後の花火が上がった空に、短銃を握った六道丸の腕が飛んだ。

「間に合いましたか」

屋倉の昇降口から上半身を覗かせた左次が、次の攻撃に備えた小石を左手の中で転がしながら問いかけた。

「上出来だ」

平八郎は六道丸に向き直った。六道丸はその先を失った右肩の根元を左手で摑み、ゆらっ、ゆらっと後じさりをしつつ、憤怒の形相で平八郎を睨みつけている。

「六道丸、おまえも見切りくらいつけられるだろ。ここまでだ」

六道丸はちらっと甲板に目をやった。ちょうど船首の篝火が照らし出した角度で見る限り、踏立板の上は、すっかり鉉之助が制圧したようだ。血塗《ちまみ》れになって倒れている者もいるが、なお、三人ばかりは戦意を喪失したようにしゃがみこんで頭を抱えている。

が、六道丸は平八郎に顔を戻し、視線を伏せたまま、堪《こら》えきれなくなったように、喉の奥からくぐもった笑い声をあげ始めた。

「何がおかしい？」

「哀れな奴よ」

「なに」

六道丸は顔を上げた。

「おまえが頼みにしていた増援が、なんでここに来なかったか考えよ。そもそもおまえの策は悉《ことごと》くこちらに伝わっとった。一つ手違いは、久代助の用心棒がおまえの正体に気づいたことだが、あのときはどうしようか迷ったさ。さりとてあのままおまえを乗せたならおまえはすぐにわしらを疑ったろうからな」

「それで逃げた上で、わざと俺を乗せたのか」

六道丸はもはや、堂々と笑い声をあげた。

「哀れな奴よ。おまえの思い通りになんぞならん。何一つ。いいか、何一つだ」

言い終えると六道丸は、腰帯の後ろに差していた腰刀をぐいっと抜き、自分の首筋に当てた。

「左次！」

すぐさま平八郎は左次を呼んだが、それより早く六道丸は、刀を一息に引き下ろす。

あっという間に六道丸の首から、ぬらぬらとした血が噴き出し、左半身を滴り始めた。そのまさらに一歩、二歩、六道丸は後方へ。

そして平八郎に体を向けたまま、背中から川の中へと落下していった。

十五

船から下りた平八郎は桟橋に佇み、しばらく唇を引き結んで川面を見つめていた。

そんな平八郎を船着場の祠の前から遠目に見遣《みや》る鉉之助は、左次に尋ねた。

「六道丸を倒したってのに、あのへそ曲がりは何を浮かない顔をしてやがる」

「旦那は六道丸を生かして捕らえるつもりでしたから。あれを死なせてしもうては、勝った気にもなれませんのやろ」

「相変わらずめんどくさい男だ」鉉之助は組んでいた腕をほどき、面白くもなさそうに呟《つぶや》いた。「俺は帰る。城番がこんなところにいると、またいろいろ言う奴がおるでな」

鉉之助が視線を向けた先には、吉祥丸から戸板に載せた死体や怪我人《けがにん》を運び出す、東町奉行所の同心、小者の姿があった。彼らは偽の情報に踊らされて安治川に向かい、事件とはまったく関係のない商船に突入させられた捕縛隊だ。

左次が船番所に残した覚え書きにより、彼らは番所に戻るや、押っ取り刀でこちらに駆けつけたが、到着した彼らを待っていたのは後始末とも言うべき作業であった。いま吉祥丸から渡し板を下りてきた、大町休次郎の表情が見るからに不機嫌なのも無理はない。

「特にあの男は鬼門だ。それじゃ、俺は行くぜ」

「坂本さま」

数歩、歩き出したところで呼び止められ、鉉之助は振り向いた。

左次が深々と頭を下げていた。

一方、桟橋の平八郎は忸怩《じくじ》たる思いを処理しきれずにいた。

杣屋徳兵衛が西町《にしまち》奉行所の弓削新右衛門《ゆげしんえもん》を金で手なずけていたことは、状況から見て明らかだ。といって、徳兵衛が新右衛門に金を渡していたという確たる証拠がない限り、城方の覚えもめでたい徳兵衛を捕らえることなど簡単にはできないし、まして上級武士である新右衛門には触れることもできない。

崩せるとしたら、六道丸を生き証人にすることが一番確かな方法だった。甚兵衛が見つけ出したとおり、六道丸と徳兵衛の出会いのきっかけは明確だし、これに関しては当時の徳兵衛の船に乗っていた水夫など、探せば証人もいるだろう。

さらに六道丸が襲った商家と、それによって徳兵衛が得た利益を詳細に検証していけば、徳兵衛と六道丸の繋がりをあぶり出すことはそれほど難しくないと、平八郎は見ていた。

この両者の関係を突破口にすれば、徳兵衛のどす黒い過去が明らかになり、西町奉行所はいったい何者に蝕《むしば》まれつつあったのか、あらためてことの重大さが天下に曝《さら》されるだろう。そうなればこの町の政《まつりごと》にも、少しは澱《よど》んだ臭いを吹き払う風が吹いたかもしれない。

そこでふと、平八郎はまだもう一筋、徳兵衛に迫る糸が残っていたことを思い出した。

背後を振り向くと休次郎が立っていた。

「大町さん」

「たいしたもんやな」休次郎の声は最初から粘り気を含んでいた。「結局おまえ一人で六道丸一味を一網打尽か。これから捕物の出役はおまえ一人に頼んだらええわ」

「安治川の一件は聞きました。いったい何があったんです」

「聞きたいのはわしの方だ。何もかも手はず通りに進んでおるはずやった。それを、おまえの寄《よ》越《こ》した小者の偽物に騙《だま》されて……」

休次郎はまだ頭がかっかと燃えたままなのか、言っていることが無茶苦茶だった。

「私はずっと大町さんを待っていましたよ。生き延びたのは、ただ幸運だっただけで」

「こっちかて三十人も引き連れて物見遊山《ものみゆさん》に出かけたわけやないわ!」

いきなり激した休次郎に、平八郎は小さく会釈すると、

「私は一度奉行所に戻って出直して参ります。ここはよしなに」

休次郎に反問の隙も与えず歩き出した。ちょうど船着場の外れに、左次がどこで見つけてきたか、ちょろ舟を棹《さお》さして、すうっと寄せてきたところだった。

「奉行所まで行きますか」

「うん……いや」

乗り込んだ平八郎に左次が尋ねると、平八郎はやや間を置いて、返事した。

「俺を本町橋で下ろしてくれ。そのあとおまえには博労町《ばくろうまち》へ回ってほしい」

「博労町へ?」

「例の、久代助を訴え出た娘の家に佐野《さの》甚兵衛が行っている。あいつを奉行所に呼び戻して、代わりにおまえが詰めてくれ」

「承知」

そう。残る糸は久代助だ。


久代助が徳兵衛にとって、どれほど重要な位置を占める存在か、いまのところまだはっきりとはわからない。だがこの数日の流れだけで見ても、徳兵衛はこの倅《せがれ》をかなり大事に扱っている。馬鹿な子ほど可愛《かわい》いともいう。しかし徳兵衛がそんなに甘い男だろうか。自分の事業に邪魔だと思えば、女も子どもも平気で殺害を指示できるような男である。

それでも徳兵衛は、息子がたびたび起こす騒動の後始末に、番頭与三吉《よそきち》を通じて相当程度関わり、その鎮静化、ありていに言えばもみ消しに一役も二役も買っていた。しかし。

もしかするとこの二人は、親子というより共犯関係と考えた方がいいのではないか。そう考えて初めて、平八郎は腑《ふ》に落ちる気がしてきた。

久代助も親がやっていることを知らないのではなく、何らかの形で父親の悪事に積極的に関わっているとすればどうか。つまり徳兵衛から見れば、久代助は奉行所に捕まって、知っていることをぺらぺら喋られては絶対に困る存在なのだ。

だから久代助再捕縛の情報を知れば、必ずまた何か仕掛けてくるだろう。六道丸が死んだいま、三郷から安全確実に離れる方法は断たれた。となれば最悪の場合、徳兵衛は息子の口さえ封じようとするかもしれない。

本町橋から城に向かい、奉行所に戻って汚れた着物を脱ぎ、血塗れた体を拭《ふ》き終える頃には、平八郎の考えはほぼ固まっていた。

佐野甚兵衛が戻ってきたら、二人で久代助の捕縛に向かう。時刻は間もなく四つ（午後十時頃）だが、明日まで待つわけにはいかない。今夜のうちに久代助の口を割り、明日、徳兵衛に縄をかけるのだ。

継裃《つぎかみしも》に着替えた平八郎は弓の間に向かい、帰還の報告と、続けて久代助捕縛の裁可を得るため、彦坂紹芳《ひこさかつぐよし》への取次を頼んだ。ところが。

「留守？　御奉行はいま奉行所にいないと申されたか⁉」

平八郎は一瞬、聞き間違いかと思ったほどである。だが、目の前にいる蟹《かに》のような輪郭をした取次役の用人《ようにん》は、顔面にうっすら汗を滲《にじ》ませながら、あらかじめ用意していたのであろう言葉を滔々《とうとう》と述べた。

「いかにも。よって本日出役の経緯次第は、まず文書に認《したた》めて内与力《ないよ》筒見丹波守《りきつつみたんばのかみ》様にお預けせよとのこと。その上で御奉行は明日改めて報告を受けると……」

「待てやあ、おんどれえっ！」

平八郎は踵を返そうとした用人の肩をつかみ、強引に向き直らせた。

「そんな馬鹿な話があるか。今日、この奉行所の与力同心が命を賭《か》けて出役した捕物だぞ。本来ならば頭《かしら》たる奉行が陣頭に立って出馬あるべきなのに、戻ってきたら奉行所にもいないとはどういうことだ⁉　いったいいま、奉行はどこにいるのだ！」

　蟹のような顔をした取次役はほとんど泡を吹き出さんばかりであった。

「む、無論、夕刻まではずっと書院で貴殿らの帰りを待っておられたのだ。だが先ほど、左様、五つ（午後八時頃）過ぎあたりであったかな、西町奉行の使いの方が、明後日の内寄合《ないよりあい》にて申し合わすべき喫緊の要事ありとて、御奉行を迎えに参られてな。内寄合の申し合わせと言われれば、御奉行も出ざるを得んではないか」

　内寄合とは六日、十八日、二十七日の月に三度、その月番の奉行所にて行われる寄合である。これには東西両町奉行、町役筆頭である三郷惣年寄《そうどしより》、そのほか折々の議題に応じて招請された役人、町年寄などが出席し、主に三郷の施政に関わる協議や連絡を行う、行政上の重要な会議であった。

「言い訳なぞいらん！　奉行はどこか、教えろ！」

「そんな、そんなことは……」

　蟹顔はほとんど泣き出さんばかりであったが、なんとか堪えた。下手にその場所をばらして平八郎が乱入でもしようものなら、あとでそのとばっちりがこちらにも来るかもしれない。そんな責任の取らされ方だけは絶対に御免だ。

　そう決意した用人だが、あと寸刻も平八郎に責められては、果たしてどうなったか。そんな彼を救ったのは、平八郎を呼びに来た門衛だった。

「大塩様、そこにおられるのは大塩様でございますな」

奉行所の中でも廊下の奥は暗い。奉行所御仕着せの法被《はっぴ》を羽織った小者は、足下に気をつけてそろりそろりと進んできた。

「どうした?」

「いま門前に左次が来ております」

「左次が?　一人か⁉」

「へえ。大至急、大塩様に取次願いたいと、なにやらあの男にしては珍しく、ただならぬ様子で」

平八郎の胸の中に、墨《すみ》をこぼしたように胸騒ぎが広がった。

かつて感じたことのないほどの胸騒ぎだ。

平八郎は走りだした。途中、控室に立ち寄って大刀を腰帯に差し入れ、肩衣《かたぎぬ》をその場で引っこ抜き、足下に投げた。

「左次!」

奉行所の閉じた大門前に立つ左次に、小門から出てきた平八郎が声をかけると、左次はいきなりその場にくずおれ、両手をついた。

「どうした、左次?　甚兵衛はどこにいる?」

「旦那……」

言葉が出ない。見ると両肩が激しく上下している。早足自慢のこの男が、どれほど己の呼吸を乱したというのか。

「落ち着け。何があったか申してみよ」

「やられました」

「なに？」

「博労町が襲われました」

「何だと⁉」

聞くなり走り出した。左次が後を追う。博労町までは歩いても小半時。急げば馬の手配をするより早く着く。

走りながら切れ切れに聞く左次の話では、ちょうど彼が着いた時に、登世の家から逃げ去る男たちの後ろ姿を見たという。ただし長屋の外は暗く、やっと人数を二人と確かめるのが精一杯だった。

不安を覚えた左次が長屋に飛び込むと、辺り一面は血の海で、当主依井《よりい》半蔵《はんぞう》と佐野甚兵衛はすでに絶命。部屋の奥で倒れていた登世にまだ息があると見た左次は、隣の住人である大工に医者を呼ぶよう頼み、自分は一息に奉行所まで駆けてきたらしい。

「登世殿は生きているのだな！」

尋ねる平八郎に左次は目を逸らせ、

「傷は……かなり深そうに見えましたが……ただ、声をかけるとはっきり返してくれましたんで」

表通りは祭の名残で、居並ぶ商家は家紋入りの幔幕をかけて店の前を飾り、軒ごとに立てられた高張提灯《たかはりぢょうちん》が道の上を照らして、まだ昼間のように明るい。ただし間もなく木戸が閉まる頃で、その通りに人影はなく、見通しだけがただ良かった。

おかげで一町（約一〇九メートル）先からでも研辰《ときたつ》の看板が見えた。平八郎が一気にその角を曲がると、昼からいきなり夜の世界に飛び込んだように世界は暗転し、一瞬、目が眩《くら》みかけた。

登世の住む裏長屋は細い裏通りを渡ったすぐ正面。長屋入口の木戸の奥に、近所の住人らしい六、七人の人だかりが見える。

「どけ！　どいてくれ！」

平八郎が人の壁をかき分けると、錆《さ》びた鉄に生臭さの混じったような濃い臭いが、土間に入るなり鼻を突いた。

平八郎は呆然《ぼうぜん》として足下を見た。佐野甚兵衛が刀の柄に手をかけたまま倒れていた。くわっと見開いた目にもはや生気がないことは、確かめなくてもわかった。

上がり口を見ると、直前まで仕事をしていたのか、部屋の角に吊り下げられていた蚊帳が、天井の留め具からちぎれて落ちていた。その横にべたべたと血の色をつけて、大きさの違う二つの草鞋の痕。賊は土足で一気に押し入ったようだ。

蚊帳の下から蠟《ろう》のように白くなった右手が突き出ている。依井半蔵の腕か。平八郎は蚊帳をめくろうとして、奥にまだ人影があることに気づいた。

「登世殿？」

枕屛風《まくらびょうぶ》の陰で行灯《あんどん》の光が届かず、気づくのに遅れた。畳の上に横たわった人影。頭部の島田《しまだ》髷《まげ》が崩れている。

「登世殿！」

叫んで駆け寄った。すぐ隣に貧相な顔をした総髪の中年男が座っていることに気づいた。

「医者か？　手当はしたのか？」

「で、でけることは」医師は明らかに平八郎の剣幕に脅えていた。「そ、そやけど、ここででけること言うたら、とりあえず血の出てるとこを止めるくらいで、とにかく急げぇ言われて参りましたさかい」

「だったらおまえの屋敷なりに運んで手当を続ければ」

「いや、それは」安請合いはできないと思ったのだろう。「ここから動かしたら、たぶん手前の家に着くまでもちまへん」

「なんだと」

平八郎の袖を、緩く摑む感触があった。

「登世殿！」

ハッとして平八郎が視線を落とすと登世が目を開けていた。平八郎は登世の肩をそっと抱き上げて上体を起こした。が、登世の目は前に向けられたまま動かない。

「お……おしお……さま？」

「俺だ。血は止めたから大丈夫だ。手当をすればすぐ治る」

「賊は……二人」

登世に平八郎の声が届いているのかどうかわからない。が、いま彼女は、平八郎に伝えるべき事を伝えようとしている。

「わかっている。それはわかった。だからいまは何も話すな」

「顔を覆っていたため、人相は……」

登世の右手がゆっくりと持ち上がってきた。その手には笄《こうがい》に仕込まれた短刀がしっかり握られ、指の間から血の痕が滲んでいる。

「これは」

「私の胸に、刀を突き立てた男の、手を、えぐってやりました」

「なんと」

平八郎は登世の背中を支えたまま、辺りに目を凝らした。医者が座っている膝の先に、小さな肉の塊らしきものが転がっている。一つ、二つ。それぞれ爪《つめ》がついていた。

「私も、武士の娘。せめて一太刀なりと抗《あらが》いでは……」

「違う」

平八郎は力強い声で言い切った。

「違うぞ、登世殿。おまえさんは武士の娘ではない」

もはや問い返す力も消えかかっている登世は、目を半眼にしたまま、顎を小刻みに揺らしていた。平八郎はそんな彼女に顔を近づけ、遠ざかっていく彼女の意識を呼び戻そうとでもするかのように、言葉を句切りながらはっきり言った。

「おまえさんこそ武士だ。誰であれ、己の誇りを守るために命を賭けて戦う者は、そう呼ばれる資格がある。よいか、登世殿」

平八郎は彼女の耳元に口を近づけ、囁くように呼びかけた。

「武士はおまえさんだ」

一息、登世の胸が大きく動いたかと思うと、彼女は目を大きく見開き、そうして最後の息を吐き出しながら同時に目を閉じていって、ついに何も反応しなくなった。

最後に平八郎の言葉は届いたのだろうか。目を閉じた登世の口元は、うっすらと笑んでいるようにも見えた。

平八郎は彼女の体を横たえ、甚兵衛の側《そば》に戻った。

彼はどうやらここで直接半蔵と話をしながら、平八郎の連絡を待っていたらしい。

背中と胸に、それぞれ一太刀ずつ浴びている。

多分、この土間で上がり框《かまち》に腰をかけ、話し好きの半蔵に相槌を打っていたところへ、賊が現われたのだろう。

立ち上がった甚兵衛の脇を抜け、一人目がまっすぐ部屋の中に向かう。

当然だ。彼らの目標は登世なのだから。

甚兵衛が慌てて刀の柄に手をかけ、追おうとしたところを、戸口から入ってきた二人目に背中から斬られた。

それでも甚兵衛は登世を守ろうと、刀を抜きかけたのだ。刀身が半分ほど鞘から出ているのはそういうことだろう。

だが、先に入った一人目の男は振り返り様に甚兵衛を正面から斬った。この様子だと、ほぼ即死だったと思われる。

平八郎はしゃがむと、甚兵衛の両目を塞いでやった。

「甚兵衛……よくやった」

甚兵衛の手を柄から外そうと試みたが、握りしめた指はそう簡単にはがれそうにない。

「もういい、甚兵衛。楽になって、ゆっくり休め」

なだめるように声をかけ、なお力を込めて甚兵衛の人差し指を伸ばそうとすると、小さくぽきりと音がした。

はっとした平八郎、諦《あきら》めと後悔を浮かべていたその目に、抑えきれない激情の色が迸《ほとばし》り始めた。

「そうか……おまえはまだ、戦おうとしているのだな」

平八郎は甚兵衛の刀を、甚兵衛に握らせたまま抜き放ち、顔の前に横たえた。

長屋の外へ出た平八郎に、左次が近寄ってきた。

「こんなものが」

戸口に張られていたというその紙には、この者が元岡山《おかやま》藩士の罪人であるため、藩が処断したということってつけたような理由が書かれていた。

「旦那？」

その紙をゆっくりと握り潰し、二つに破り、さらに重ねて破る平八郎に左次が問いかけた。

「ええんですか、それ」

「偽物だ」

かつて平八郎がこれほどまでに憤怒の形相を見せた覚えは、左次になかった。

「自国の成敗を他領で行なう気なら、少なくとも当地の奉行所への届出と許可は必須《ひっす》だ。岡山からそんな届出が出ているなぞ聞いたこともないし、まして」

平八郎はちぎれた紙を路上に撒いた。

「他藩の討手が幕府の役人を斬ったなんて、たとえ根も葉もない噂《うわさ》でも、表に出ればえらい騒ぎになる」

左次は、背を見せた平八郎が放つ熱気で、周囲を舞う紙切れが一斉に火を放つ幻視にとらわれた。まずいのではないか。

「旦那。お供します」

不安感を感じて声をかけたが、

「ならん」

一言で返された。左次は内心で嘆息した。

「一つだけ、おまえに頼みがある」

「なんでしょう」

平八郎は左次に背中を見せたまま、

「東町奉行、彦坂和泉守がいまどこにいるか、探ってくれ」

言い残すと一人、長屋の木戸を出て行った。

十六

どこかで聞こえる犬の遠吠《とおぼ》えに交じり、人気のない本町通《ほんまちどおり》に、激しく板戸を叩《たた》く音が響く。五更で数えれば、二更（およそ午後九時から十一時）の頃《ころ》。町木戸はすでに閉められ、眠りにつく家もそろそろ増えてくる。

無論、商家の夜はさらに長く、店を閉めた後の掃除や売上の整理などで、奉公人たちはまだまだ休めない。そんな中に戸を叩く音は一向に止《や》まず、本町杣屋《そまや》で算盤《そろばん》部屋と呼ばれる奥の板間に丁稚《でっち》を集め、彼らの教育を兼ねて検算中だった与三吉《よそきち》はいらついた顔を上げた。

「どうせ祭の帰り時を逃した不埒《ふらち》もんやろ。迷惑やさかい、ちょっと水でもかけて追っ払っといで」

たまたま目の前に座っていたというだけで、与三吉に指示された勘七《かんしち》は、もちろん大番頭の言いつけに逆らうこともできず、帳場に向かうと土間に下り、店の入口を閉め切った大戸の裏側から、恐る恐る声をかけた。

「あの、すんまへん。店はもう、終わりましたんで」

大戸の一部を切り抜くように作られた、潜《くぐ》り戸の向こうで野太い声が応《こた》えた。

「そんなことはわかっている」

この声には聞き覚えがあった。

「御用の筋だ。とっとここを開けろ」

あの与力だ。確か大塩《おおしお》……。

勘七は頭の内側から殴られた思いになった。杣屋にとっては災厄とも言うべき男の名である。

「開けないなら、叩き破るまでだが」

「まっ、待っとくれやす！」

制止の声が終わる前にばりっと大きな音を立て、勘七の目の前を桟から外れた潜り戸が、二、三回転して土間に転がった。

潜り戸が嵌《は》まっていた四角い穴が、勘七にはまるで異界に通じる穴のように見えた。

そこからのっそり、身を屈《かが》めて入ってきた平八郎《へいはちろう》が店内で背筋を存分に伸ばすと、横手にいた勘七を見下ろした。

「久代助《くしろすけ》は、どこだ」

「ばっ……」

勘七は後ずさりながら狼狽《うろた》えた。「番頭さん」小さな声で悲鳴を上げる。もちろん、その声は誰《だれ》にも届かない。

「おい」

平八郎の声が勘七に刺さる。勘七は腰を抜かした。

「番頭さぁぁ～～ん！」

悲鳴を上げ、奥に通じる通り土間へ、いざりながら戻っていく勘七。その彼のあとを、ゆっくりと平八郎が続く。

「ひぃ、ひっ、ば、ばんとお……」

わなわなと震えながら与三吉を呼びつつ、勘七は土間の途中にある水屋から四つん這《ば》いになって邸内に上がった。

だが平八郎は勘七には目もくれず、まっすぐ土間の奥に向かう。

この土間を通り抜けると杣屋の裏庭に出る。表から入ってきた平八郎を避けようとすれば、久代助は裏口から逃げるしかない。

突き当たりの腰高障子《こしだかしょうじ》を勢いよく開けると、裏庭の地面に敷き詰められた白砂利が、青白く光っていた。

下弦も過ぎた今宵の月は、真夜中まで上がらない。砂利を光らせていたのは、隣の商家が塀越しにあげている高張提灯《たかはりぢょうちん》の灯《あか》りだ。

黒板塀が提灯の光を吸ってさらに暗く、屋敷の中と表の通りを隔てていた。その手前に土蔵が三つ並び、白漆喰《しっくい》の壁が灰色に浮かぶ。

荷物の搬入のために幅広く取った庭の敷地を挟み、土蔵の列と屋敷の渡り廊下が並行していた。その廊下は母屋とは別棟として作られた、奥の離れに続いていたが、久代助の部屋があるとすれば、恐らくあの先だろうと、平八郎は一目で看破した。

しゃりっと玉砂利を踏みしめて庭を歩きだすと、土蔵の陰からふらりと、濃紺の着流しを着た男が現われた。

左手の指を徳利《とつくり》の首に回した藁縄《わらなわ》に引っかけ、徳利は肩の向こうに提げている。右手は懐に入れたまま。頬骨《ほおぼね》の突き出たその顔は、坊主河岸《ぼうずがし》でも見かけたあの男である。

「なんや、奉行所の犬か」

西村勝五郎《にしむらかつごろう》は存分に酔っている様子。酒で痛みを止めているのかもしれない。平八郎は足を緩めず、勝五郎に近づいていく。

「そういうおまえは久代助の犬だったな」

勝五郎の目が、細く吊《つ》り上がった。

「なんやとぉ」

平八郎はなお歩き続ける。二人の距離が急速に狭まっていく。

「嬉《うれ》しいのぉ。ずっと、こないだの礼をしたいと思てたんや」

勝五郎は左手の紐《ひも》をくいと引き、肩先に現われた徳利に首を回して、残った酒を口に含んだ。

平八郎が勝五郎の正面に迫る。

と、勝五郎、左手を前に振りきり、平八郎の顔めがけて徳利を投げつけた。同時に左足を引き、右手を刀の柄に伸ばす。その寸前、
ぶんと飛んできた徳利を躱《かわ》した平八郎、身を屈めたまま懐から小さな包みを取り出し、勝五郎の前に放《ほう》り投げた。

「忘れ物だ！」

空中で懐紙が開き、中から二個の肉片が現われた。それは登世《とせ》が断ち切った、賊の薬指と小指。思わず勝五郎、右手を伸ばす。しかしその手の半分は、血の滲《にじ》んだ包帯で幾重にも重ね巻きされていた。

次の瞬間、平八郎、行き合いざまに三尺の刀を、ざっ、くと抜き打ちに斬《き》りぬく。

「ぐ！」

と、短く一声残した勝五郎、視界が突然落下したようにがくっと反転、なぜか自分の両足の間から背後の景色が逆さになって見えたのを最後の記憶として、無限の闇《やみ》に落ちた。

血塗れた刀を抜き放ったまま、平八郎は息も乱さず踏み石を上り、草鞋《わらじ》で廊下に足をかける。

と、背後で甲高い悲鳴が聞こえた。

裏庭の物音に様子を見に出てきた女中が、土蔵前で体が腹で折り合わせたように半分になった死体を目撃したのだ。続いて倒れる音も聞こえたから、恐らく失神でもしたのだろう。

構わず、外廊下を奥に進む平八郎。離れとなった屋敷の中に入ると、廊下の両側に襖《ふすま》を閉め切った部屋があった。人の気配はしない。いや。

左側の襖の向こうから、微《かす》かに乱れた息。

平八郎は刀をそっとあげ、顔の前で構え直した。

ゆっくり、廊下中央から左の部屋に近寄る。息の音が大きくなる。一人、いや、二人……三人か？

ばすっ、と背後から襖を切り裂く音がして、平八郎の体を白刃が襲った。が、襖を破る音が聞こえた瞬間に平八郎は反転、右の部屋から飛び出して来た男の剣を、胴すれすれで受ける。

がちっ。

刃《やいば》と刃が食い込む音に、左の部屋の襖を開けて年若い使用人たちが四人ばかり現われ、ひやあひやあと恐怖の叫びをあげながら、二人の前を横切って逃げ出していく。

「しゃっ！」と、古田《ふるた》孫七《まごしち》が息を吐いた。こちらも微かに、呼気に酒の匂《にお》いが混じっている。

平八郎が刀で押し戻すと、孫七は跳ね飛ばされたように二、三歩あとじさり、間合いを取ってから刀を鞘《さや》に収めた。ただし、柄から右手は離さず、膝《ひざ》を曲げ、重心を低くして平八郎に狙《ねら》いを定めている。「大塩、わしはおまえとやりあいとうはない」

意外なことを言い出した。

「どういう意味だ」

「久代助には雇われてただけや。それも今日で終わった。もう、おまえの前に二度と現われることはない。見逃してくれんか」

口ではそう言いながら孫七は、にじりにじりと平八郎との間合いを詰めている。

「博労町《ばくろうまち》の殺しはおまえたちの仕業だな」

「すべて久代助の頼みや。必要ならどこででもほんまのこと言うたるわ。おまえが知らん、もっとえげつない話でも知ってるで。そやさかい」

「いや」平八郎の答えは短かった。「もういらねえ」

瞬間、孫七、石火の手捌《てさば》きで刀を抜く。平八郎も刀を振り下ろす。二人の動きはほぼ同時。違ったのは、刀身の長さ。

「うばっ！」

左肩先から肋骨《ろっこつ》まで割られ、孫七は再び己の鞘に剣を戻すことができなくなった。

「ぐ…ぐぞぉ…」

仕方なく上段に構えようとしたが、腕が震えて静止できない。そこを平八郎、正確に心臓の位置をぷすりと突いた。

「む」

孫七の呼吸がすうっと止まるのを見て、平八郎は剣先を抜く。孫七はふらりと上体を揺らせると、己が流した血の海に、どうと突っ伏した。


息も絶え絶えに算盤部屋まで逃げ戻った勘七から話を聞いた与三吉は、この夜、杣屋の中にいた誰より早く何が起きているのかを察し、これから何が起きようとしているのかを予測した、ただ一人の男であった。

彼は部屋の中にいた丁稚たちに、決してここから動くなと言い残し、そそくさと部屋を出て、急ぎ足で店裏《たなうら》に向かった。

途中、台所を過ぎかけたところで、洗って乾かしてある柳刃包丁が目に入った。咄嗟《とっさ》に手に取ってしまったが、しばらく歩いてから、こんなものをいったいどうしようというのかと、己の行動に当惑してしまった。

といって、いまさら包丁を戻しに行く間などない。下手をすればすでに邸内に押し入った平八郎と鉢合わせしてしまうかもしれず、彼は幾つも列なる座敷の襖を右、左、左、右と的確に開き、店側から久代助の部屋を目指した。

目指しながら与三吉の胸中に湧《わ》き上がったのは、久代助が鼈甲師《べっこうし》の娘に尋常ならざる執着を見せ始めたとき、なぜもっと強硬に反対しなかったのかという悔悟の念である。

もちろん久代助が与三吉に思いを吐露し、何とかならないものかとぼやくたび、あの娘は素人だ、しかも普段から元は武家だと吹聴するような女だ、遊びのつもりで手を出せば、あとでどんなこじれ方をするかわかったものではないと諭していたのだが、所詮《しょせん》与三吉の言葉を耳に入れる久代助ではなかった。

あの娘を島之内《しまのうち》の出合茶屋まで連れていったときも、途中で何度も逃げろという機会はあったはずだ。それを自分は、帰りたいという娘を引き留めることまでした。

あの日は、あの娘に会いたくて食が細り、体を起こすのもつらくて仕事に身を入れることが出来ない、せめて小半時、誰の邪魔も入らない静かな場所で話をしたいだけだからと久代助に懇願され、さすがに与三吉も哀れに思い、渋々彼の願いを聞いたのだ。

——いや、嘘《うそ》だ。

自分はあの娘を茶屋に連れて行けば、そのあと何が起きるのか、およそのことは予想していた。そして予想通りになったことは、あとであの娘が、店頭に銀粒を投げつけて去ったことからも瞭然《りょうぜん》だった。

自分は久代助の所業を手を拱《こまぬ》いて見ていたことで、久代助と同じ罪を犯したことになるのだろうか。だがほかに、どんな道の選びようがあったというのだろう。自分に対して絶対的な力を持つ主《あるじ》の言いつけに叛《そむ》くような、そんなことの出来る人間がそもそもいるだろうか。

はっきりしていることはただ一つ。久代助の過ちを防げなかったために、いま、この店は滅びかけている。

中庭に面した部屋の前で声をかける寸前、襖が開いて久代助が顔を出した。

「与三吉、あの騒ぎは何だ？」

「若旦那《わかだんな》、逃げとくなはれ」

「なにい？」

「あの男が来ました。大塩っちゅう、東町の与力だす」

「なんやと⁉　性懲《しょうこ》りものう、あの餓鬼ゃあ……」

部屋から飛び出そうとする久代助の体を、与三吉は必死でとどめた。

「行ったらあかん。あの男は若旦那を捕まえにきたんやありまへん！」

その言葉に、久代助の全身から力が抜けた。与三吉が顔を上げると、久代助の目に初めて恐怖の色が見えた。

「今日、何かしはりましたか？」

「え？」

「夕刻、二人のお侍に金を用意せえ言わはりましたな。あれは何の金だす？　手切れにしてはいささか多過ぎる気がしましたが」

「二人は……勝五郎と孫七は何をしとる？」

「わては内部屋の中を回ってきたんでお二人には会《お》うてまへんが、恐らく大塩の足止めに向かわれたかと」

下女の悲鳴が聞こえ、続いてどたどたと人の逃げ惑う慌ただしい物音。足止めは何の役にも立っていないようだ。

「若旦那、もう間がありまへん。一刻も早よう、ここから逃げんと」

与三吉に手を引かれ、部屋から出ようとした久代助は、何かに気づいたように踏みとどまった。

「あかん。このままでは逃げられん」

「なに言うてはるんや、大塩がここに来たら殺されまっせ！」

久代助はしかし、襖に手を突っ張り、与三吉の手を振りほどいた。

「このまま逃げたらわしが親父《おやじ》に殺されるんや！　すぐ済むさかい、それまでおまえが何とかせえ！」

ぴしゃっと襖を閉める久代助。部屋の前で与三吉は呆然《ぼうぜん》とした。

「何とかせえ言われても……」

どうすればいいというのだ。

廊下の角の向こうで誰かの断末魔の悲鳴が聞こえた。恐らく孫七だ。

もうあの男を止められる者はいない。まして、商家の番頭でしかない自分が、あんな男に太刀打ちできるわけないではないか。

いつの間にか与三吉は、右手の柳刃包丁を握りしめていたことに気づき、ハッと我に返った。顔の表面を冷や汗が雨のしずくのように垂れてきた。


平八郎は廊下の最後の角を曲がった。

左手にそれほど広くはない中庭が設けられ、その四方を外廊下が囲んでいる。正面に襖が四枚並べられた入口があった。あれが久代助の部屋だろう。もう行く手を阻む人間はいない。

と、部屋の前にもう一人、襖を背にしてぐったりと脱力し、黒光りする廊下に座り込んでいる人影があった。

番頭の与三吉だ。

が、いまの平八郎の目にはほとんど入らない。まったく興味の外の人間だからだ。

襖の引手に手をかけた平八郎に、その与三吉が声をかけた。

「おたの……申します……」

そこで初めて与三吉に顔を向けた。

そして気づいた。

与三吉は小袖《こそで》の前を腹まではだけ、なんとその腹に柳刃包丁を深々と突き立てていたのだ。

だが突き立てたものの気力はそこで絶え、刃を引き回すことも出来ずに、ただ腹部からじびじびと結構な量の血が流れ続けている。

与三吉にしてみれば、これが考え抜いた最後の手段であった。武士は自ら責めを一身に背負って死ぬ場合、腹を切るという。武士の大塩平八郎なら必ずその意図を読み取って、こちらの訴えに耳を貸してくれるだろう。

案の定、平八郎は動きを止めた。

「何の、真似《まね》だ」

「若旦那の不始末は、すべてわての不行届きのせいだす。責めはこの通り、全部わてが負う。そやさかい、どうか、どうか若旦那に寛大なご処置を……」

はあはあと肩で息をしながら、遠のく意識の中で、やっとそれだけを言葉にした。

その与三吉に平八郎、

「勝手に死ね」

吐き捨てて襖をばんっ、と開けた。

部屋の中では久代助が行灯《あんどん》の覆いを外し、手にした半紙に火をつけていた。彼の足下にやや大ぶりの煙草盆《たばこぼん》があり、火入れの中にはやはり直前に火をつけられたらしい、くしゃくしゃにされた紙の束が灰となってくすぶっている。

久代助はすでに手甲脚絆《てっこうきゃはん》の上に半合羽《はんがっぱ》まで着込むという、万全の旅姿を整えており、腰には脇差《わきざし》まで差していた。だが、平八郎の到着が予想より早かったためか、

「お、大塩」

と言ったきり、絶句。

「こんな夜中から旅に出るのか。ずいぶん早い出立だなあ」

平八郎はむっつり顔で呟《つぶや》きながら、部屋の中に土足でのそりと入ってくる。久代助の手元を見て、

「何をしている」

「お、おまえには関係あらへん!」

「ふうん」

平八郎がさらに一歩、前に進み、久代助は行灯から一歩、後退したが、そこはもう部屋の壁際だった。

その平八郎の後方で、襖の陰から与三吉の体が、ごろんと廊下に倒れるのが見えた。

「よ、与三吉?」

さすがに久代助もこの展開は意外だったようだ。

「つくづく罪な野郎だ。おまえは一人も直《じか》に手を下していないと言うつもりかもしれねえが、おまえのために何人の人間が命を落としたと思ってる?」

「わ、わしをどうする気や」

平八郎は提げた刀を小さく振った。畳の上に数滴、血飛沫《ちしぶき》が飛んだ。どのみちこの状態で鞘には収まらない。

「斬るさ」

久代助は両手を開いて前に突き出し、目を剝《む》きながら顎《あご》を思い切り引いた。

それが恐怖によるものだとは、平八郎はすぐにはわからなかった。だが、久代助の喉《のど》からひぃ～～と、声にならない声が漏れ、両膝を畳の上についたとき、平八郎は刀の切っ先を久代助の目と鼻の先に向けた。

「なにやってる。おまえ、俺《おれ》を殺したかったんだろ。腰の脇差は何のためだ。とっととかかってこい」

「あぁっ、あぁっ！」

脇差に気づいた久代助は、すぐに帯から抜いて投げ捨てた。と同時に両手をばんっと前につき、

「堪忍しとくなはれ！」

頭を畳に擦《こす》り付けた。

「わてが心得違いしとりましたんや。なんもかんも、そこの番頭の言うこと聞いてたら間違いないもんやと思てましたさかい」

久代助は首をくいっとあげ、いまにも泣き出しそうな顔を見せた。

「鼈甲師の娘の一件かて、その番頭がええ娘を手なずけたさかい、ぜひ味見したってくれ言われて茶屋まで連れて行かれたんや。あとで大塩様にえらい怒られた言うたら、ほならその娘そのものがおらんかったことにしよう言うて、うちの番してる侍をさしむけたんもその番頭で」

平八郎はその場にしゃがみ、久代助を見つめた。呆《あき》れたように口を開く。

「おまえは本当に下種《げす》な野郎だなあ。俺もまあこの商売やってるが、おまえほどのくずは見

たことねえや」

「な、なんと言われても、わてにはなんの心覚えもないことで」

「おまえ、牢屋敷《ろうやしき》で吠えてたじゃねえか。俺を許さんとか、ただではすまさんとか。あのときの元気はどうした？」

「め、めっそうもない、へ、へへ」

ついに久代助は卑屈な愛想笑いまで始めた。

「なら、これはどうだ」

平八郎、帯に挟んでいた包みを久代助の目の前に置いた。包んでいた布を開くと、なんと短銃が現われた。六道丸《ろくどうまる》が使っていたものだ。

それを見た久代助の表情が変わった。

「こぉ……これは！」

「見覚えあるのかい」

「親父や」久代助は短銃の上で両手を開き、顔を上げて平八郎を見た。「わしの親父が二年前、異人との取引で、ひょんなことから手に入れたもんや。この国にこんな形の銃は、滅多にあらへんさかいな」

久代助はいま、重要なことを言った。

彼が証言すれば、この短銃が杣屋徳兵衛《とくべえ》が密貿易で手に入れたものだと明らかになる。

しかもその短銃をなぜ六道丸が持っていたのか。そこを突けば、徳兵衛と六道丸の関係が明らかになり、徳兵衛の尻尾《しっぽ》をつかまえることができるはずだ。

しかし。平八郎はその銃を摑《つか》んで、ずいと久代助の方に押し出した。

「使っていいぞ」

「へ？」

久代助は間抜けな表情を見せた。

「これを使えば五分と五分だ。心配せずともおまえに勝機は十分にある。さあ、やってみろ」

久代助はまだぽかんとして、銃と平八郎の顔をゆっくり見比べている。それからおもむろに手を伸ばし、銃を取り上げた。

銃身と一体化した弾倉をさするように確かめ、蓮根《れんこん》の断面のような銃口から中を覗《のぞ》いた。もちろん暗くて何も見えない。

久代助の肩が揺れ、息が次第に荒くなる。その様子をじっと見つめる平八郎。久代助の肩がさらに大きく上下し、呼吸の音が最大になったところで。

「あかん」

何か汚いものでも払うように、久代助は銃を膝の前に投げ捨てた。平八郎を上目に見て、にやあと笑う。

「その手は喰《く》わんで。どうせこの中に弾なんか入ってへんのやろ。それでわしが銃で狙いをつけたら、わしを斬る算段してるんやな。銃で殺そうとしたいうてな」

へっ、と久代助は息をついだ。

「腐っても与力や。理由《わけ》もなしにわしを殺せんさかい、なんやかや理屈をつけたがっとる。そうは問屋が卸すか。よっしゃ。これからわし、奉行所行ったるわ。恐れながら女を一人、手籠《てご》めにしてしまいましたいうて、裁きにかけてもらおやないか。ほんで所払いでも何でも受けたるわ。別に三郷《さんごう》やのうても暮らせる場所はなんぼでもある。さあ縛れ、さあ連れてけ。おぅ」

平八郎、いきなり短銃を左手で握ると、久代助を見つめたまま、自分の背後に腕だけ向けて引金を引いた。

ぱんっ。

凄《すさ》まじい破裂音が響き、背後の襖に黒い穴が一つ。その射入口から薄い煙が立ち上り、焦げた匂いが漂ってくる。

久代助は後ろ手をつき、腰を抜かしていた。

平八郎は銃をその前に戻すと、見下ろしながら立ち上がる。唇の両端を下げ、汚いものでも見るかのような目つきで言った。

「がっかりだよ」

「な……に……」

「誰がおまえのような陰囊《ふぐり》無しをお縄にするか。おまえみたいな野郎を縛るくらいなら、まだ道端で犬の糞《くそ》でも拾った方がよほどましってもんだ」

強がって薄笑いを浮かべていた久代助の目から、丸みが取れた。

平八郎は久代助に背中を向けた。

「考えてみりゃ、確かにおまえは一人前の男とは言えねえ野郎だったわな。だからいつも自分より力の弱い女しか襲えない。いや、どうかするとその女にさえ負けそうだから、取寄せた薬を使うんだ。まったく、よくぞそこまでちんけな男に……」

「大塩ーっ！」

歯ぎしりするような声が聞こえ、平八郎はゆっくり振り向いた。

片膝ついた久代助が短銃を構え、平八郎の胸に狙いをつけていた。

「ほんま、とことんうぬぼれの強い男やで。ここまで虚仮《こけ》にされて、わしが黙ってるとでも思うたか」

平八郎、体を久代助に向ける。

「ほう。どうするつもりだ」

「死ねや！」

引金を引いた。がちりと金属製の撃鉄が落ちる音がした。

が、何も起きない。

呆気《あつけ》にとられるとは、まさにこのときの久代助の顔を言うのだろう。彼はまだ、この事態を理解できずにいた。

「悪いが弾は一発しか残ってなかった。おまえに勝機があったのは、さっきの一度きりだったんだぜ」

「たっ……」

久代助は短銃を投げ捨てようとした。だが、指が引きつって、うまく手から離れない。

「助けてく」

そこで声は途切れた。

平八郎が、真っ向から久代助の体を割ったのだ。

久代助はどたっと上半身を畳の上に倒し、その下から血の海がゆっくりと溢《あふ》れ始めた。

「おまえにも、俺を殺す機会は与えてやったぜ」

平八郎は目を開いたまま絶命した久代助に語りかけるでもなく呟き、ふと思い出したように煙草盆に目を留めた。

火入れの灰の上に残っていた燃えかすは、ほとんど炭化して、微かに焼け残った部分に書かれてある文字を読み取っても、それが意味しているところを確定するのは難しい。

恐らくこれは杣屋が金を渡した相手の帳簿なのだろうと、平八郎は推理した。本来ならここに、金を渡した役人の名前と金額、その日付まで書き込まれていたに違いない。

久代助はその金の届け役と記録係を任されていたのであり、これこそが徳兵衛が久代助を守らねばならない理由だった。そう考えれば、すべてつじつまが合う。

行灯の下に抹茶色の冊子の表紙が打ち捨てられていた。久代助はこの帳簿の中身だけ剝ぎ取り、重要な部分からさっさと燃やしていったようだ。確かに表紙の部分は厚手の和紙で、これを燃やそうと思ったら若干時間がかかったろう。

手に取ってみれば「六花《ろっか》撰《せん》御用扱控」という題字が読み取れた。

もちろんこれだけでは何の意味かさっぱりわからない。「六花撰」という言葉にも、心当たりはまったくなかった。

当然、こんなものは徳兵衛を追い込む何の武器にもならない。平八郎は一旦《いったん》その表紙を畳の上に戻したが、立ち上がる寸前、思い直して拾い上げ、懐に収めた。

「六花撰」。

そのときはただ、何となくその言葉が引っかかっただけである。

十七

八軒家《はちけんや》浜の料理屋は三日前、平八郎が坂本鉉之助《さかもとげんのすけ》と酒を酌み交わしていた店だ。

もう店仕舞いだという女将《おかみ》の声を無視し、平八郎は奥まで進んで上がり込むと、二階を目指した。

片端から部屋を開けていき、三つ目の襖を開けたところで、ようやく目的の座敷に達した。

そこでは彦坂紹芳《ひこさかつぐよし》と弓削新右衛門《ゆげしんえもん》が向かい合わせに座り、もう一人、二人の間で酒を取り持つ男の、羽織の背中が見えた。

「平八郎？」

襖を開いて仁王立ちの平八郎に気づいた紹芳は、酒を満たした猪口《ちょこ》を口元に運ぶ寸前で止め、呆れたような声を出した。

後を追ってきた店の人間が跪《ひざまず》いて詫《わ》びるのに、いや、構わんからと言って帰し、平八郎には中へ入るよう勧めた。

「どうした。そんなところにいつまでも突っ立ってないで、そこへ座れ」

平八郎は座敷に入り、紹芳と新右衛門を両側に見る位置で正座した。

紹芳は正面の新右衛門に、

「これが、いま話しておった大塩平八郎だ。まだ若いが、東町ではなかなかの働き者よ」

と、紹介すると新右衛門も平八郎を認めて笑みを浮かべた。

「おお、誰かと思えば先日の。和泉守《いずみのかみ》様の配下であったのか。それならばそうと申してくれればよいものを」

「なんだ、二人はもう知り合っていたか」

「いや、一昨日の朝、我が屋敷前でたまたま行き合いましてな。その折は名前を聞くこともしませんでしたが」

平八郎は黙って軽く一礼しただけである。

「さて平八郎」

紹芳の声が若干改まった。

「わしは西町奉行内藤隼人正《ないとうはやとのかみ》殿の内意を含んで参られた弓削殿と、明後日の内寄合《ないよりあい》についての重要な摺合《すりあわ》せをしておったのだが、この席におまえを呼んだ覚えはない」

口調は静かだが、どこか冷ややかでもある。これに対して平八郎、両手をついて軽く一礼した。

「無礼は重々承知。なれど本日、六道丸捕縛の顚末《てんまつ》をまだ御報告にあがっておらず、失態ならばなおさら後回しにはできぬと、押して罷《まか》り越した次第」

「粗方《あらかた》の報《しら》せは受けておる。その儀ならば明朝、改めて仔細《しさい》を聞くつもりでおったゆえ、今宵はまず休めと申し伝えておいたはずだが、伝わっておらなんだか」

なにしろ相手は大塩平八郎だ。紹芳はここでことを荒立てるようなことはせぬが得策と判断したのだろう、自分の盃《さかずき》を膳《ぜん》の上から取り上げ、平八郎に手招きをした。

「まあよい。まずは苦労であった。こちらに来て一献受けよ」

「六道丸を生きて捕らえること、かないませなんだ。これ偏《ひとえ》に平八郎一身が不徳。なにゆえ御奉行の御盃なぞ受けられましょうや」

「なんの。捕らえたところでどうせ獄門の外《ほか》に行き場のない首。手間が省けてよかったくらいだ。さ、遠慮せず、もそっと近う」

平八郎がさらに固辞しようとしたところで、気を利かせたつもりか、弓削新右衛門が声をかけてきた。

「のう、平八郎。和泉守様の盃は恐れ多くとも、わしの盃なら受けられよう。どうじゃ」

「は」

平八郎、ただ黙って頭を下げるのみ。

それを了と解したか、新右衛門は手元の盃を飲み干し、一度振るって平八郎に向けて突き出した。

「さ、受けよ、平八郎、さ」と勧めても、頭を下げたまま動かぬ平八郎に業を煮やしたか、平八郎の入室以来、向こうを向いている酒の注《つ》ぎ役に指示をした。「徳兵衛、この盃をあいつに渡してやれ」

「へえ、喜んで」と、羽織の男が体を反転させた。「大塩様、今日はお疲れでございましょう。まずは一献、ささ、どうぞ」

杣屋徳兵衛は徳利と盃を持ち、平八郎に向かって膝行《しっこう》してきた。平八郎も、ここで身を起こし、しかと徳兵衛を見据える。

「杣屋、なんでおまえがここにいる」

「なんでと申されましても」徳兵衛は曖昧《あいまい》な笑みを浮かべる。「手前はただ、此度《こたび》の公儀橋の改修費用の相談があると言われてこちらに呼び出されただけでして。もちろん私どもに出来ることでしたならこの杣屋徳兵衛、いかなる合力も惜しまぬ覚悟でおりますゆえ」

「ふうん」

平八郎は鼻白む思いであった。目の前の男は、自分を殺すために幾重にも罠《わな》を仕掛けてきた。なのに無事に生きて帰ってきた自分を見て、そんなことはおくびにも出さず、平然と自分に酒を注ごうとしている。

商人という生き物の、得体の知れなさだ。

そうは思ったが、平八郎もまた、徳兵衛の出す盃を素直に受け取った。

「よし、徳兵衛。平八郎に酒を注いでやれ」

「へえ」

「その前に一つ」

紹芳に応えた徳兵衛が徳利を差し出すのに合わせ、平八郎は手にした盃にもう片手で蓋《ふた》をした。

「話をしてもよろしゅうございましょうか」

「申してみよ」

紹芳は明らかに、この場を早く切り上げたいという態度を見せ始めていた。その紹芳に一礼すると、平八郎は話し始めた。

「奉行所にある同心がおりました。その男、同心でありながら勤めにはさほど身を入れず、奉行所の中でも外でも、とにかく他人と波風立てぬことを第一義に考えて世過ぎをしているような男でございました」

平八郎は自分と組まされたことで、いかにも迷惑そうにしていた甚兵衛《じんべえ》の顔を思い出しながら続けた。

「そんな男ですから、同心として目立った手柄の例《ため》しなぞありません。出仕した後はただ書類に目を通し、記録を書き、夕刻まで務めて退出するという毎日を繰り返し、これで禄《ろく》をもらって生計《たつき》の道が立つのですから気楽なものだと、私なぞかように思うたこともあります」

ここで平八郎は目を伏せ、小さく溜息《ためいき》を吐《つ》いた。

「ですがこの男は、決して自らを縛る法度《はっと》に触れる行いはしませんでした。たとえば上役である私が命じたことでも、それをすれば法度を破ることになると、抵抗するような男でした。あの波風嫌いの男が、同心としてぎりぎり守るべき筋だけは守ろうとした。思えば、奉行所はこういう男のおかげで保《も》っている。もし、こういう男がいなくなれば奉行所はもはや名目だけのものと成り果てましょうし、奉行所が守るべき町人からは信用されず、あるいは蔑《さげす》まれるようにさえなるやもしれません。かくの如《ごと》き次第になれば、この国もそう長くはないと申せましょう」

平八郎、背筋を伸ばし、盃を前に差し出した。

「この男は先刻、死にました。上役に逆らってでも法度の筋を曲げなかった男は、この町の町人を守らんと、己の命を捨てたのです」

徳兵衛もまた徳利を持ったまま半歩、膝を進める。

「佐野《さの》甚兵衛こそ、まこと同心の鑑《かがみ》。この酒は今宵、甚兵衛への献盃《けんぱい》としていただく」

徳兵衛の徳利から平八郎の盃に、ゆっくりと酒が注がれ始めた。

とく、とく、とく、

「甚兵衛を殺したのは、おまえの倅《せがれ》だぜ」

平八郎が小声で囁《ささや》くと、

「大塩様ともあろうお方が。またてんごうなことを申される」

徳兵衛、微塵《みじん》も揺らがず、薄笑いを浮かべたまま平然と酒を注ぎ続ける。

とく、とく、とく、

「だが安心しな。久代助はもう死んだ」

「左様ですか。それはようございました。手前の家でもあれは手に付けられぬ厄介者で。それを大塩様に除いていただけたとは、この徳兵衛、感謝の言葉もありまへん」

鉄のような微笑を浮かべ、呼吸も手元も一切乱さず、徳兵衛、平八郎から一瞬も目を逸《そ》らさない。これにはさすがの平八郎も舌を巻いた。

とく、とく、とく、

「おい、杣屋」

「へい」

「酒ならもう足りている」

言われて徳兵衛が己の手元を見ると、平八郎の持つ盃にはとうに酒が満ち溢れ、畳の上にびちゃびちゃとこぼれた酒が、水たまりを作っていた。

平八郎は盃の酒をくいと飲み干し、飲み干した盃を新右衛門には返さず、びたっと畳に伏せて置いた。

「さて」

平八郎は三人を睥睨《へいげい》し、今夜の大一番に取りかかることにした。

「私は先ほど、店主久代助を縄にかけるべく本町杣屋に向かいました」

「なっ⁉」

最も驚いた表情を見せたのは弓削新右衛門だ。

「どおっ、どういうことだ？　何の罪科で？」

動揺を隠さず、新右衛門は紹芳に尋ねた。

「和泉守様はそのことご承知で？」

「もちろんご承知でしたよ」

押し黙る紹芳の代わりに、平八郎が応えた。

「私は六道丸を捕縛したあと、久代助も引っ張るという話を御奉行にだけはしておいた」

いったん間を置き、それからまた一息に。

「久代助の罪を知る重要な証人が今夜殺された。佐野甚兵衛が死んだのは、その者を守っていたためだ。だがどうしてこの者たちが狙われたのだ。まだ奉行所の誰も、久代助を捕縛する話を知らないというのに。御奉行ただ一人を除いて」

「平八郎、それは」

何か言いかけた紹芳に、平八郎は徳兵衛を指さして畳みかけた。

「それはあんたが漏らしたからだ、この男に。ご注進よろしく、杣屋の一大事だってえな」

「平八郎、いい加減にせんと」

「いい加減にしてもらいたいのはこっちの方だ。御奉行、あんたそれを濡《ぬ》れ衣《ぎぬ》だって言えるのか？　佐野甚兵衛に向かって、胸張って言えるのか」

平八郎の剣幕に、もはや誰も固まったように何も言えない。それはただ単に気圧《けお》されているためではなかった。

一旦呼吸を整えた平八郎は、今度は徳兵衛に話しかけた。

「徳兵衛。いまさっき、本町の久代助の部屋で面白いもん、見つけたぜ」

そう言って懐から、例の表紙を指でつまんで引っ張りだし、端っこだけをちらりと見せた。

「おまえに聞きたいんだが、六花撰たあ、なんのことだ？」

徳兵衛が初めて、感情を見せた。

口をぽかんと開き、広げた両手を前で振りつつ、目を剝《む》きながら顎を思い切り引いたのだ。

「平八郎、そ、それは何だ？」

紹芳ももはや気になる様子を隠しもしない。

「名簿ですよ」

「名簿だと？」

「杣屋がいままで誰にいくら渡してきたかが、きっちり書き込んである。こんなものが表に出たら」

「やめろ！」

紹芳がさすがに怒鳴った。

「そんなもの、何の証《あかし》にもならん。だが杣屋が勝手に書いたものでも、それが世に出れば、奉行所は取り返しの付かん混乱に陥る。そうなれば町人の生活は誰が守る？　三郷の暮らしは、いったいどうなると思っておるのだ⁉」

「ええ、御奉行のおっしゃることもわかりますよ」

紹芳の表情に一瞬安堵の色が浮かんだ。だが。

「だから今回の件で、私はこの名簿を使おうなんて考えていない。ただしこれだけの騒動になった以上、奉行所がどうけりをつけるのか、それは見届けさせてもらう。そしてもし、この対応が為《な》されない、あるいは不十分だと思われる場合」

平八郎の次の言葉に、少なくとも紹芳と新右衛門は、深刻に戦慄《せんりつ》した。

「この名簿は老中に届くことになる」

平八郎は立ち上がり、通夜《つや》のようになった酒席をあとにした。

四半時《しはんとき》（約三十分）後。平八郎は東町奉行所に戻り、与力詰所の戸を開けた。

中には大町休次郎《おおまちきゅうじろう》が一人、日報を書くために残っていた。

「平八郎。貴様、どこに行っておった⁉　吉祥丸に戻ってきて片付けを手伝うという話ではなかったのか。わしらはおまえの使いではないわ！」

相変わらず怒鳴りだした休次郎の前に座り、平八郎は腰から十手を抜いた。

「すまなかった。大町さん」

「はあ⁉」

休次郎は面食らった。平八郎が休次郎に頭を下げたことなど、いまのいままで一度もなかったからだ。

「今日は大町さんにも心配と苦労をかけた。本当に申し訳ないと思っている」

「おまえ……どこか具合悪いのか？」

不安げな表情を見せる休次郎の前に、平八郎は十手を置いた。

「何のつもりだ？」

「十手を返上する。組頭として預かっておいてくれ」

完全に休次郎は混乱を始めた。

「何だこれは？　返上するって、おまえ、どういう意味だ……明日は出てくるのか？」

与力部屋の敷居をまたぐところで、平八郎は振り向いた。

「盗賊吟味は役割を終えた。属する同心もいなくなった。大町さん、つらつら思うに、あんたはそんなに最悪な上役でもなかったよ」

初めて平八郎の笑顔を見た休次郎は硬直して動けず、平八郎は再び背を見せて、さっさと奉行所を出て行った。

空には、ようやく細い月が現われたところだった。

終章

祭の季節は終わった。

この一月《ひとつき》、町が孕《はら》んだ熱狂と不安を綯《な》い交《ま》ぜにした気配は消え、三郷にいつもの日常が戻ってきた。

月は七月に変わり、暦の上ではもはや秋である。あの、吉祥丸《きちじょうまる》の上で六道丸と死闘を繰り広げた夜から、半月近くが経《た》っていた。

「聞いたか」

川から釣り糸を戻し、餌《えさ》を付け替えながら鉉之助が声をかけた。

「東町の和泉守、任を離れるらしい」

ふんっと釣り竿《ざお》を振って、針を前方に放り込む。幅七一間（約一三〇メートル）にもなる大川《おおかわ》の流れがそれを飲み込み、ゆったりと川下へ運んでいく。

その川面《かわも》を上り下りする三十石船《さんじっこくぶね》が、時折、視界に入る。船の方ではこの陽気の良さにつられ、京橋《きょうばし》口を背にした網島《あみじま》の河岸で釣りをする侍姿の男に手を振ったり、釣れるかいと声をかけてくる客もいた。

そんな彼らに笑顔で手を振り返す鉉之助から数間下流に陣取る平八郎は、仏頂面のまま川面を睨《にら》み続けている。

「そんな恐ろしい顔で睨んでた日にゃ、寄ってくる魚も逃げてくぞ。釣りってのはもっと気楽な気持ちでやるもんだ。だいたいおまえ、ここ来てから餌をいっぺんも変えてへんやろ。ちょっと貸してみい」

と、自分の竿を置いて近寄ってきた鉉之助が、平八郎の竿に手を伸ばそうとするが、平八郎はそれを避けるように反対側へ竿を振り、尋ね返した。

「誰に聞いた話だ」

「城方で昵懇《じっこん》にしている与力だ。先日、城内の寄合で和泉守から申し出があったそうでな、後任が決まれば恐らく秋のうちにも望みが通る見込みらしい」

黙って川面に視線を戻した平八郎に、鉉之助は顔を寄せてきた。

「察しがついていた顔つきだな」

「誰が？」

「とぼけるな。弓削新右衛門の一件は、おまえが暴いてあの始末になったのだろうが」

それは平八郎が久代助の屋敷を出て、和泉守紹芳と新右衛門、そして杣屋徳兵衛がいた会席に乱入した翌日のことだ。

突然新右衛門は失脚した。一部の商人と通じ、不正な蓄財を行って政道を歪《ゆが》めたというのがその理由である。新右衛門の屋敷は城番の手勢によって包囲され、九日後、伺いを立てた江戸の評定により、新右衛門の切腹が決まった。

ただし弓削の家は嫡男が引き継ぐことで残され、西町奉行内藤矩佳《のりとも》は着任して日も浅く、事情を知る間がなかったとして不問。肝心の杣屋徳兵衛は、直に弓削と癒着していたことを示す証が何もなく、弓削自身も相手の名前を明かさず腹を切ったため、結果的にどこか割り切れなさの残る処置となったのも事実だった。

「さすがに杣屋は当分、公儀御用は遠慮になったが、解せんのはその程度で済んだことよ。新右衛門は商人から不正に金をもろたとして腹を切ったのに、その相手がわからんままで収められるなんて、どう考えても通らん。それに公儀の裁定で腹を切る家が、無傷で残るという話もあまり聞かんぞ。まるで何もかも新右衛門にひっかぶせるかわりに、何か取引でもしたんやないかという気さえしてくる」

「その言い方だと、取引相手は老中ということになる。裁断したのは江戸城だからな」

鉉之助はいまさら気づいたように口を開けた。

「そうだな。さすがにそれはないか。落としどころは和泉守が決め、江戸はそれを認めたというところだろう」

そこで鉉之助は、また首をひねった。

「ならば和泉守は今回の摘発の功労者だ。それがなぜ大慌てで離任を急ぐ必要がある？」

平八郎は竿を振りあげ、水中から釣り針を戻して右手に摑んだ。針の先にはとうに何もついていなかった。

「久代助の部屋に踏み込んだとき、奴が名簿を燃やしていたって話はしたよな」

「ああ……だが中身がわかるようなものは残ってなかったんだろ？」

「さっぱりな。表紙以外は全部燃やされた。久代助はそこだけは手際のいい仕事をしたが」

平八郎はもう飽きたのか、釣り竿を片付けにかかった。

「奉行の会席に乗り込んだ折、その名簿に奉行の名前が書いてあると耳打ちした」

「えっ」

さすがに鉉之助は目を丸くして、平八郎に顔を向けた。平八郎は相変わらずつまらなそうな顔で、淡々と告白した。

「もちろんそんなものはない。あいつらに頰《ほお》っ被《かぶ》りさせたままにするのがどうにも癪《しゃく》で、つい勢いで言っちまったんだが、案外、うちの奉行はいい仕事をしてくれた」

「呆れた奴だな」

鉉之助は、本当に呆れ返ったという表情を見せた。

「おじちゃん！」

今日は網島と天満《てんま》を繫《つな》ぐ渡し場に、喜兵衛《きへえ》は屋台を出している。天満橋の袂《たもと》からはさらに京橋を渡ってくる距離だけ離れているが、平八郎が鉉之助に誘われて、久々に外へ出てくるというので、わざわざここまでやってきたのだ。

「うどん、できたよ！」

その屋台の横から鶴吉《つるきち》が大声で平八郎を呼んだ。

「おう、いま行く」

平八郎は空の魚籠《びく》を腰に下げ、竿を片手に歩き出した。

「平八郎」

背後から鉉之助が呼び止めた。振り向くと、鉉之助は笑ってはいなかった。

「いいのか。おまえがしたことは法度に反している。本町杣屋に押し入ったこともそうだが、虚偽の申し立てで一人の与力を罪に追い込んだ。それで守れたものは、せいぜいああいう連中の居場所だけではないか」

鉉之助は喜兵衛の屋台を指さしていたが、平八郎は軽く頷《うなず》くと。

「そうさ。法度を守って誰も救えないくらいなら、俺はしかと誰かを救える方法を採る。たとえそれがああいう連中のためだけでもな」

平八郎の表情が少し動いたように、見えた。鉉之助はそれを、笑っているのかと感じた。

屋台に向かう平八郎を追うかどうかと迷った鉉之助は、自分が川縁《かわべり》に置いた竿にあたりがきていることに気づき、慌てて竿の方へ戻ることにした。


「へい、うどん一丁」

屋台の棚に喜兵衛が丼鉢《どんぶりばち》を置いた。銅銭を置いた平八郎が丼を手に取り、箸《はし》を突っ込もうとして動きを止めた。

「なんだ、これは」

「なんやて、なんでんねん」

喜兵衛は笑みを浮かべて屋台から顔を出した。平八郎は丼の中を喜兵衛に見せるように少し傾け、右手の箸でうどんの具を指し示した。

「俺は素うどんを頼んだはずだ。これは何だ。かまぼこに油揚げ、鶏《とり》まで入ってるじゃないか」

「鶏、嫌いでっか？」

「好き嫌いで言ってるんじゃない。頼んだ覚えのないものが入ってるから聞いている」

喜兵衛は笑いを嚙《か》み殺した顔つきで、首を振りながら答えた。

「旦那《だんな》、あんたのおかげでわしらはあの土地を出ていかんですむようになった。杣屋のやくざ者《もん》もこないだの祭の晩以来、いっさい姿を見せよらん。わしだけやないで。あの町に住んどる連中はみんなあんたを恩に着てるんや。そやからこれはわしからの、ほんの御礼の気持ちよ。こんなしょうもないことですまんけど、受け取って……」

「いらん」

喜兵衛が喋《しゃべ》り終える前に、平八郎は丼鉢を屋台の棚に、たんと置いた。

「な、なんで……？」

「俺に余計な便宜を図ろうとするな。今度やったら二度とこの店には来ねえ」

「こ、こ、こ……」

喜兵衛の顔面に、さあっと朱が差してきた。

「この、へんこつもんがっ！」

顔を引きつらせて叫ぶ喜兵衛を残し、平八郎はすたすたと京橋に向かっていく。その前方には

京橋口の城門、そして幾重にも重なる大坂城の巨大な石垣が見えていた。そこへ、

「おじちゃん、字ぃ教えてぇなあ」

平八郎は足を止めた。ゆるやかに振り向くと、呼び止めた鶴吉に答えた。

「いいとも。おじちゃんは、そのうち家に寺子屋か塾を作る。よかったら遊びにこい」

「うん」

鶴吉は満面の笑みを浮かべて頷いた。

釣り竿片手に川端を帰路につく平八郎は、ふと思い出して立ち止まり、小袖の右の袂に左手を入れた。抜いた指先に小さな蜆を一つ、つまんでいた。

登世の蜆である。あれから家に持ち帰り、水に浸してみたらどうやら生きていた。その生命力に平八郎は驚いたものだが、今朝、鉉之助に釣りに誘われたとき、彼は鉢から取り出した蜆を持って出かけることにした。

波立ったのだ。

登世に会って自分の心はかつて感じたことのないほどに波立ち、昂揚を覚えてもいた。だからこそあのとき。その気持ちに自分でも戸惑い、あえて登世を傷つけるようなことまで言って遠ざけようとした。

そのことをいま。すべてが手遅れになったいま、平八郎はつくづく認めざるを得ない。

せめておまえは、生きよ。

願いを込めて手の中の蜆を、大川の流れの真ん中めがけ、思い切り放り投げた。

「左次のようにはいかねえな」
独りごちて、苦い笑みを浮かべた。

了

本書は書き下ろし小説です。

著者略歴

谷 治宇〈たに・はるたか〉
一九五六年滋賀県生まれ。日本大学法学部卒業後、数年の編集者生活を経て漫画原作者へ転身。二〇一七年に『さなとりょう』を刊行詩、デビュー。新人離れした力量で話題を呼ぶ。本書がデビュー二作目となる。

Kadokawa Haruki Corporation

谷 治宇

へんこつ

*

2021年5月18日第一刷発行

発行者 角川春樹
発行所 株式会社 角川春樹事務所
〒102-0074 東京都千代田区九段南2-1-30 イタリア文化会館ビル
電話03-3263-5881(営業) 03-3263-5247(編集)
印刷・製本 中央精版印刷株式会社

ISBN978-4-7584-1379-4 C0093
http://www.kadokawaharuki.co.jp/

松姫はゆく

仁志 耕一郎

天正十年、織田・徳川連合軍の甲州征伐がはじまり、武田家の滅亡の刻が、いよいよ迫っていた。美女と名高い信玄の五女・松も、城を追われ険しい山道を逃げることに。織田軍を指揮しているのは、かつて松と婚儀の約定を交わしたことのある、織田信長の息子・信忠だった。松は悲嘆にくれる間もなく、家臣と幼い子供たちを連れて安全な地に逃げるのだが――。朝日時代小説大賞、小説現代長編新人賞、歴史時代作家クラブ賞新人賞を受賞した、期待の大型新人が渾身の力で描いた感動の物語。

今村翔吾の本

童の神

平安時代「童」と呼ばれる者たちがいた。彼らは鬼、土蜘蛛《つちぐも》、滝夜叉《たきやしゃ》、山姥《やまんば》……などの恐ろしげな名で呼ばれ、京人《みやこびと》から蔑まれていた。一方、安倍晴明が空前絶後の凶事と断じた日食の最中に、越後で生まれた桜暁丸《おうぎまる》は、父と故郷を奪った京人に復讐を誓っていた。様々な出逢いを経て桜暁丸は、童たちと共に朝廷軍に決死の戦いを挑むが——。皆が手をたずさえて生きられる世を熱望し、散っていった者たちへの、祈りの詩《うた》。第10回角川春樹小説賞受賞作＆第160回直木賞候補作。多くのメディアで話題沸騰。

ハルキ文庫